Egon Olsen

Trollblut

Egon Olsen, Jahrgang 1950, bockiger Schüler, rockender Kunststudent, Autor zahlloser Satiren für Bühne und Fernsehen, Nachtautor fürs Radio, Moderator, Musikproduzent. Er schrieb einige hundert Songs, machte Schallplatten und arbeitete mit vielen Showgrößen im Studio. Heute lebt er auf dem Lande zwischen Elbmarsch und Heide und beobachtet seine Umgebung mit boshaftem Interesse.

Egon Olsen

Trollblut

KBV
KRIMI

Originalausgabe

www.kbv-verlag.de
E-Mail: info@kbv-verlag.de
Telefon: 0 65 93 - 99 86 68
Fax: 0 65 93 - 99 87 01
Umschlagillustration: Ralf Kramp
Redaktion, Satz: Volker Maria Neumann, Köln
Druck: Grenz-Echo AG, Eupen
www.grenzecho.be
Printed in Belgium
ISBN 3-937001-82-4

Für meine Familie,
die es mit Olsen aushält.

Außerdem bedanke ich mich bei
Jan Schäfer (Psychiatrie und Klimatechnik)
sowie bei A.G. (LKA HH).

Aber in der Nacht
Aber in der Nacht
Da bin ich aufgewacht
Denn es klopfte an mein Fensterlein

Hermann Löns

Prolog

Rock'n'Roller führen ein leidenschaftliches Leben. Es spielt sich in gammeligen Übungsräumen, auf Provinzbühnen, in Hotels, rostigen Bandbussen und verqualmten Studios ab. Rock'n'Roller lassen es krachen, bis normale Geräusche nur noch dumpf und wattig zu ihnen durchdringen, schleppen ohne Rücksicht auf knirschende Bandscheiben schwere Verstärker und Boxen umher und putzen jede Klinke, die sich bietet. Dazu gehört tatsächlich eine Menge Leidenschaft, das können Sie mir glauben. Man hält es nur aus, indem man inbrünstig die Hoffnung hütet, es irgendwann in die Charts zu schaffen. Darüber wird man allmählich älter und älter, und es fällt einem immer schwerer, spöttisch auf ehemalige Klassenkameraden herabzusehen, die jeden Morgen ins Büro müssen, jeden Samstag den Rasen mähen und jeden Sommer mit ihrer übergewichtigen Familie nach Antalya fliegen. Die alten Schulfreunde haben nämlich Häuser, Autos und freie Wochenenden und kriegen jeden Monat zuverlässig ihr Gehalt. Insgeheim war ich längst neidisch auf all das und hatte meine Hoffnung auf die Charts schon fast begraben, als der Erfolg zu guter Letzt doch noch kam.

Das folgende Jahr hätte ein einziges Freudenfest für mich sein müssen. Aber es war keines. Ich schaffte es nicht, meinem Glück über den Weg zu trauen, es lagen zu viele unerfreuliche Erfahrungen hinter mir. Außer dem tief sitzenden Argwohn machte mir eine seltsame Leere zu schaffen: Die Anspannung, der Druck und das Chaos fehlten mir auf einmal. Nach meinem Umzug in die Heide hockte ich wochenlang wie gelähmt da, sah den schweren Wolken nach und ließ den wetterwendischen Sommer vorüberziehen, während ich innerlich immer ruheloser wurde.

Im Übrigen war ich schön blöd gewesen, vom Landleben Ruhe und Frieden zu erwarten. Ich hätte es besser wissen müssen: Das Klima in Niederholt war giftig. Seit sich die Autobahn in die Nähe des Ortes geschlängelt hatte, war dort alles in Bewegung geraten. Fortwährend entstanden neue Baugebiete, und während einige Dörfler gut daran verdienten, sahen andere ihr Idyll unter die Räder kommen. Die traditionellen Strukturen bröckelten, die Zuzügler aus der Stadt brachten wenig Sinn für Schützenfeste, Feuerwehrbälle und Faslamsumzüge mit. Gegen den Mitgliederschwund der Vereine empfahlen die Baulandmacher treuherzig noch mehr Dorfwachstum. Man gab sich leutselig, doch unter der Oberfläche schwelte es; die Geldgier der einen Seite schürte Angst und Aggressionen auf der anderen. Ich brauchte eine Weile, bis ich den Grund für die unterschwelligen Spannungen begriff, doch dann spürte auch ich die Beklemmung; dieses Gefühl, ohnmächtig hinnehmen zu müssen, was hinter den Kulissen ausgeheckt wurde.

Um der ungesunden Atmosphäre zu entgehen, wich ich ins Internet aus. Jenseits der realen Welt hatte ich ein kleines Forum gefunden, in dem ich mich angeregt unterhielt. Auch da gab es heftige Auseinandersetzungen, doch die schienen mit offenem Visier geführt zu werden. Ein weiterer Irrtum, wie sich herausstellen sollte – und zwar ein verhängnisvoller.

Wenn man sich lange genug in einem Internetforum aufhält, empfindet man es als zweite Heimat, und früher oder später regt sich unter den Teilnehmern der Wunsch nach einem Meeting im wirklichen Leben. *Das meist unterschätzte Moment des Internets*, hatte einer der User dazu festgestellt, *ist sein Kuschelfaktor*. So kam es Anfang September 1997 in meinem Haus in Niederholt zu jenem denkwürdigen Treffen, das niemals hätte stattfinden dürfen.

Es begann eine Woche, nachdem Lady Di an einem Pariser Tunnelpfeiler ihr Leben gelassen hatte. Damals gab es in den Medien kaum andere Themen als Massentrauer, Tod, Tränen und Intrigen. Kein gutes Omen für eine unbeschwerte Geselligkeit in einem korrupten Heidedörfchen. Ich kann nicht mal sagen, dass ich nichts Böses geahnt hätte, doch war ich einfach nicht rechtzeitig in der Lage, all die kleinen Anzeichen richtig zu deuten, die Gesten, die verräterischen Bemerkungen. Als ich die Zusammenhänge endlich erfasste, war es zu spät.

1. Kapitel

Klaus Ullerbek hatte, obwohl nach eigenem Bekunden bestens bei Stimme, von einer wohltätig bewegten Freundin eine Fibel über Gebärdensprache und Fingeralphabet zum Geburtstag bekommen und sonnte sich nun im Bewusstsein seines Einfühlsamkeitsvorsprungs.

Ein großartiges Buch, schrieb er, *davon werde ich selber einige zu Weihnachten verschenken. Es ist echt eine wichtige Erfahrung, mal in diese ganz andere Art der Sprache reinzuschnuppern! Und es macht einen Riesenspaß! Übrigens ist der Ausdruck »taubstumm« diskriminierend. Man sagt »gehörlos«.*

Rademann hasste es wie die Pest, politisch korrekt belehrt zu werden, und reagierte sarkastisch:

Du, Ulle, ein sehr schickes Weihnachtsgeschenk sind auch Rollstühle; die können einen Riesenspaß am Reinschnuppern in eine ganz andere Art der Fortbewegung vermitteln. Außerdem kriegst du damit an Heiligabend einen Platz ganz vorn in der Kirche. Und die Weihnachtsgans schmeckt mal ganz anders, wenn du beim Essen eine Zwangsjacke trägst. Anschließend solltest du unbedingt noch mit Augenbinde und Blindenhund um den Baum laufen – eine ganz andere Art des Sehens. Die Blinden werden es dir auf Knien danken! Überhaupt – gehören die nicht eigentlich auch längst umbenannt? Mal überlegen ... augenlos? Nein, das klingt nicht gut. Gesichtslos auch nicht. Sehbehindert geht schon gar nicht: »Behindert« ist schließlich längst ein gängiges Schimpfwort.

Ullerbek verstand den Einwand nicht, doch war ihm bewusst, dass er mal wieder hochgenommen wurde. Er wehrte sich wütend: Behinderte zu verarschen sei zynisch und menschenverachtend.

Rademann lenkte scheinbar ein:
Ich geb's zu, ich hab dich verarscht.

Damit war der Dialog beendet, denn ab hier hatte Ulle beleidigt geschwiegen. Ich schaltete den Rechner aus, reckte die Glieder und machte mich auf den Weg nach unten.

Die Wohnhalle erwartete mich strahlend hell. Der Sommer war noch einmal zurückgekommen. Der Tag war warm, fast heiß gewesen, und jeder Strahl der tief stehenden Sonne fiel durch die großen Glasflächen weit in mein neues Haus hinein. Es hieß im Dorf nur »das Aquarium«, denn in Niederholt wohnte man sonst eher konventionell hinter rustikalen Sprossenfenstern. Drüben im Baugebiet »Bi'n Hollerbusch« gab es noch ein hölzernes Niedrigenergiehaus mit Pultdach, doch das hatte gleichfalls sofort einen Spitznamen weggehabt: »Giraffenstall«. Der Spott hatte einen galligen Unterton, denn die vielen neuen Häuser waren jenen Dörflern ein Dorn im Auge, die sich mangels Grundbesitz nicht durch Landverkäufe die Taschen füllen konnten.

Meines war noch in anderer Hinsicht ein Sonderfall. Es lag weit abseits, kaum zu sehen zwischen all den Eichen. Ansonsten zeichnete es sich tatsächlich durch enorme Transparenz aus, eine spiegelnde Hommage an die Landschaft, schlanke Pfeiler aus traditionellem Backstein, rote Dachsegmente in rhythmischem Dialog mit dem Blauviolett des Heidehimmels, ein anmutiges, gebäudegewordenes Sonett. So hatte es zumindest mein Architekt ausgedrückt. Kaum hatte er nämlich herausgefunden, wie ich zu meinem Geld gekommen war, ließ er seinem lyrischen Temperament freien Lauf. Ganz konnte ich seinen blumigen Ausführungen nie folgen, doch im Prinzip hatte er recht: Sein Entwurf fügte sich trotz der Größe und modernen Strenge harmonisch, fast bescheiden, in das umgebende Grün ein. Allerdings auf irgendwie großkotzige Weise bescheiden. Ich war mordsmäßig stolz darauf.

Obwohl ich mich nach wie vor nicht richtig als Besitzer fühlen konnte. Ich wusste die großen Räume zu würdigen, die diversen, kunstvoll kombinierten Ebenen, ich fand es schön, Natur und Licht durch das viele Glas ungehindert ins Haus wirken zu sehen und jede Veränderung da draußen wahrnehmen zu können, aber nach all den Jahren der Geldnot kam ich mir in dem ungewohnten Luxus wie ein Gast vor.

Außerdem hatte der Bau viel mehr von meinem plötzlichen Wohlstand verschlungen als gedacht, und das war nicht das Einzige, was meinen Steuerberater, Herrn Koretzki, zu Unkenrufen veranlasste. Er habe, erklärte er ahnungsvoll, schon von vielen Musikern gehört, die während einer Erfolgssträhne nicht genug fürs Finanzamt zurückgelegt hätten. Da er außer mir nur Landwirte als Klienten hatte, reagierte ich auf seine Vorhaltungen nicht weiter, aber sie beunruhigten mich doch. Ich war fremd im eigenen Haus.

Vielleicht auch deshalb, weil ich in Niederholt tatsächlich oft genug zu Gast gewesen war, früher, als der Vorbesitzer noch auf dem Anwesen residiert und seine schrägen Geschäfte gemacht hatte, bevor man ihm den Schädel einschlug. Von den hernach verlassenen Hofgebäuden war nichts mehr übrig, sie waren wenige Wochen nach dem Mord bis auf die Grundmauern niedergebrannt. »De hebbt se abfackelt«, war man im Dorf überzeugt. Für einen warmen Abriss sprach tatsächlich einiges. Die Versicherung hatte der Witwe eine Riesensumme auszahlen müssen, obwohl das Land ohne die alten Gemäuer viel attraktiver war als mit ihnen, zumal in einem davon die entstellte Leiche gelegen hatte.

Anneliese Göke, die mir den Haushalt in Ordnung hielt, stellte sich gern vor meinen neuen, minimalistischen Designkamin, zeigte mit dem Finger vor ihre Füße und erklärte Besuchern: »Hier war das! Ganz genau hier! Wo jetzt dies Zimmer ist, da war nämlich ein Musikstudio, und da stand ein Sessel drin, und auf dem hat der Tote draufgesessen, der Kopf eine einzige Matsche.« Um die Konsistenz der Matsche zu veranschaulichen, verzog sie das Gesicht in alle Richtungen und bewegte wellenförmig die Finger, als quelle etwas Zähflüssiges an ihr herunter.

Ihre Lagebeschreibung war aber nicht verlässlich. Beim Bau des neuen Hauses und der Gartenanlage war das ganze Areal dermaßen auf den Kopf gestellt worden, dass kein Mensch mehr genau sagen konnte, was mal wo gewesen war. Und das war gut so. Den alten Eichenhof hatte ich nämlich nie leiden können. Das Einzige, was vom damaligen Inventar noch übrig war, war Bruno. Ohne Bruno wäre ich überhaupt nie auf die Idee gekommen, ausgerechnet nach Niederholt zu ziehen, doch er hatte mir sehr nachdrücklich klargemacht, dass ein Neufundländer seines Schlages aufs Land gehöre. In der Stadt hatte er mir keine Minute Ruhe gelassen, hatte fortwährend hechelnd und schwanzwedelnd vor mir gestanden, unaufhörlich hatte er mich durch irgendwelche Grünanlagen gezerrt. Am schlimmsten war sein Gebell. Er rannte nicht etwa lärmend durch die Wohnung, sondern setzte sich mitten in den Flur und stieß in langen, regelmäßigen Abständen ein mächtiges Wuff nach dem anderen aus.

»Soll Bruno noch mal raus, Paul?« Anneliese war mit dem Hund im Gefolge aus der Küche gekommen und band sich die Schürze ab.

Ich schüttelte den Kopf. »Bloß nicht! Der war nachmittags lange genug auf Achse. Das Bürsten hat ewig gedauert, anschließend hab ich selber erst mal duschen müssen. Der Hund ist sauber, das Haus ist sauber, ich bin sauber, und so soll es bleiben. Er soll sich melden, wenn er rausmuss.«

»Da hörst du's«, sagte Anneliese zu Bruno.

Ich betrachtete ihn zufrieden. Das Ergebnis meiner Bemühungen mit Kamm und Bürste war eindrucksvoll. Der tabakbraune Pelz stand dicht und glänzend von ihm ab wie bei einem Bären. Er wog fünfundsiebzig Kilo, nun sah er mindestens nach neunzig aus. Dabei war er unter all dem Fell ausgesprochen drahtig. Es war eine Freude, ihn rennen zu sehen.

»Na, Großer?« Ich kraulte ihm den mächtigen Kopf, was er kurz genoss, dann musste er dringend hinter Anneliese her in die Küche zurück. Ich war versucht, den beiden zu folgen, doch dort hätte ich mich wieder mit Annelieses abenteuerlichen Mutmaßungen über die Hintergründe von Lady Dis Tod am letzten Sonntag auseinandersetzen müssen.

Ich öffnete eine der Fenstertüren zum Garten und ging auf die Terrasse. Die Sonne näherte sich dem Horizont, die Schatten waren tief, die Farben satt. Angenehme Luft, immer noch warm genug für Jeans und T-Shirt. Ganz in der Nähe sang eine Amsel. Früher war mir nie aufgefallen, wie viele Vögel es in Niederholt gab. Die Eichen waren voll von ihnen, die Zweige der Hecken waren in ständiger Bewegung, von allen Seiten kam Gezwitscher. Ich lehnte mich an einen der sonnenwarmen Ziegelpfeiler, schloss die Augen und lauschte. Der Amselgesang war sanft und verhalten; im Frühjahr hatte er viel lauter geklungen. Einen Moment lang tat es mir fast leid, dass ich das Wochenende nicht für mich allein haben würde. Als Songschreiber war ich mit mehr als genug Leuten zusammengekommen. Am schlimmsten hatte ich es gefunden, die ganze Branche auf Musikmessen ertragen zu müssen: Agenten, Veranstalter, Marketing-Leute, Promoter,

Radio- und Fernsehmacher, die Künstler aufgebrezelt wie Zirkusclowns, der Rest geschniegelt und gestylt, alle in einer Wolke aus Business-Speak. Trotzdem war es unklug von mir gewesen, die Kontakte einschlafen zu lassen. Ich würde sie vermutlich noch brauchen.

Außerdem musste ich dringend unter Menschen. Im Grunde war ich gespannt darauf, wie sich meine neuen, virtuellen Freunde in Fleisch und Blut ausnehmen würden. Früher hatte ich das Internet nur für knappe E-Mails und den nötigsten Datenaustausch genutzt, nun hatte ich es als Zeitvertreib entdeckt. Ich war überrascht von der unfassbaren Vielfalt menschlicher Mitteilungs- und Selbstdarstellungswünsche. Familienväter zeigten Bilder ihrer Neugeborenen, Hobbydichter entrangen sich tief empfundene Reime, Rechtsradikale präsentierten abenteuerliche Hirnverbranntheiten. Es gab Foren für Oberschlesier, für Masochisten, für Kindermöbel, für Witze, Bastler, Kopfschmerzen, Sternzeichen, Beschneidung, Kochrezepte, Steuertipps, Computerfragen, Zierfische – es gab absolut nichts, was es nicht gab.

Und vor allem gab es nichts, was nicht diskutiert wurde. Vor einigen Wochen war ich auf eine Diskussionsrunde gestoßen, die aus dem üblichen Rahmen fiel; eine Konferenz, die sich in der hintersten Ecke eines eher spießigen Apple-Forums versteckt hielt. Sie hieß *Tiefbaupraxis* und war tatsächlich mal von Ingenieuren als Plattform für die Erörterung von Tiefbaumethoden eröffnet worden. Das Interesse am Widerstandsmoment von Spundwandprofilen aus kaltgewalztem Stahl hatte jedoch nicht lange vorgehalten, und die Gäste hatten gewechselt. Nun traf sich hier eine ungewöhnlich bunte Runde. Es gab einen Werbetexter, einen Informatiker, einen Rettungswagenfahrer, einen Transvestiten, eine Klatschkolumnistin, die sogar eine eigene

Fernsehsendung hatte, es gab eine Lehrerin, eine Drehbuchautorin, einen Psychiater, einen Webdesigner – um nur einige zu nennen –, und man hielt sich nicht mit den üblichen Artigkeiten und Plattheiten auf, sondern lieferte sich scharfe Wortgefechte. Meist stimmte sogar die Orthographie, was im Internet einem Wunder gleichkommt. Einer der lästerlichsten Schreiber war Josef Rademann. Er hatte für die Konferenz ein Leitwort verfasst, das mir sofort gefiel:

Das Internet ist ein Abbild der realen Welt mit all ihren Freuden und Leiden. Wie das wirkliche Leben ist es von Konferenzen geprägt, wie im wirklichen Leben sind Frauenfeindlichkeit, Menschenverachtung, Lug und Trug an der Tagesordnung, ständig kommt es zu Übergriffen und Unterstellungen, zu Ausschreitungen und Einlassungen, zu Ausscheidungen und Einläufen, zu Hungergefühlen, Warzenbildung und Stress. Die Tiefbaupraxis *aber sei den Darbenden Labsal und den Gerechten Tröstung, sie sei eine Bastion der Empfindsamkeit, ein Refugium für alle, deren Seele strebend um Höheres sich müht. Unser heiligstes Gut sei die Freiheit, unsere verhasstesten Feinde seien Kleingeist und Gängelung, und wer nicht in gebotener Demut die Kommaregeln achtet, fliegt raus.*

Anneliese klopfte drinnen mit ihrem Ehering an die Scheibe. »Ich geh dann mal, Paul.« Sie hielt Bruno am Halsband, damit er nicht nach draußen entwischte.

Ich übernahm ihn. »Alles fertig soweit?«

Sie verdrehte die Augen und stemmte die Arme in die Hüften. »Was glaubst du, was ich den ganzen Tag gemacht hab? Klar ist alles fertig! Alles wie gewünscht, der Herr! Der Tisch ist eingedeckt, der Rotwein steht inne Küche, der Sekt steht kalt, der Weißwein und das Bier und das Essen auch – du musst bloß die Platten und Schüsseln aus'n Kühlschrank rausnehmen!« Sie marschierte los, kam aber noch einmal zurück: »Ich muss ja nu nach'n Gasthof hin, aber morgen früh komm ich denn und räum auf und mach Kaffee.« Abends hatte sie im Dorfkrug zu tun, in *Göke's Gasthof*, schließlich war sie die Frau des Wirts.

Sie entschwand in den Flur, und kurz darauf sah ich sie mit dem Fahrrad aus der Einfahrt strampeln.

Nun hieß es warten. Die Sonne war weg, nur der Himmel schimmerte noch rötlich überm Horizont. Ich schloss die Terrassentür. Es musste kurz nach halb acht sein; das Treffen war für acht ausgemacht, es konnte aber auch später werden – das hing vom Verkehr ab und davon, ob meine Wegbeschreibung klar genug war. Sechs Gäste waren angekündigt, alle aus Hamburg. Natürlich gab es weit mehr *Tiefbaupraktiker*, aber die anderen wohnten über die ganze Republik verstreut. Immerhin: Thomas Rieger mit dem unverschämten Mundwerk würde kommen und auch Klaus Ullerbek, der wackere Ex-Fallschirmjäger. Josef Rademann hatte sich heftig gesträubt und behauptet, er verlasse seine vier Wände grundsätzlich nie, aber da er der Interessanteste von allen war, hatte ich sein Erscheinen zur Bedingung gemacht. Außerdem waren drei Damen avisiert: die Klatschkolumnistin Isabel Schneider, die Drehbuchautorin Niki Berg und die etwas eigenartige Eva Pawlak.

Ich wusste nicht mehr, wer als Erster die Idee zu einem Wochenende in Niederholt gehabt hatte, aber als sie aufkam, hatte sie mir gefallen. Es hatte sich in der *Tiefbaupraxis* herumgesprochen, dass ich mir die Party leisten könne, deshalb war ich gar nicht erst groß gefragt worden. Die Einladung hatte Ex-Fallschirmjäger Ullerbek gepostet. Er hatte dafür einen Text benutzt, der seit ein paar Wochen überall kursierte, eine Persiflage auf die Viruswarnungen, die einem ständig in die Mailbox flatterten:

Das Wochenende bei Paul ist für alle Hamburger Tiefbaupraktiker *Pflicht. Wer unentschuldigt fernbleibt, wird mit einem Computervirus infiziert. Der Virus heißt Bad Times. Er wird die Festplatte deines Rechners formatieren und alle in der Wohnung befindlichen Disketten löschen. Er wird auch den Magnetstreifen deiner Scheckkarte zerstören, deinen Tiefkühlschrank abtauen und mittels subsonarer Schwingungen die Spurlage deines Videorecorders verstellen. Bad Times wird all deine CDs zerkratzen und nur die von Modern Talking intakt lassen. Er wird dir im Schlaf die Augenbrauen rasieren, hinter deinem Rücken mit deinen Freunden über dich lachen und Ausschlag an deinen Unterarmen hervorrufen. Bad Times wird deinen Raum krümmen, wird dir jedes Zeitgefühl rauben, durch das nächste Wurmloch spurlos verschwinden und die Klobrille oben lassen. Er ist hinterhältig und gefährlich. Außerdem spielt seine Farbe leicht ins Violette. Besser, du kommst.*

Ich beschloss, ein paar Lichter anzumachen, damit das Haus hübsch hell und eindrucksvoll aussähe. Hin und her wandernd knipste ich hier und dimmte da, bis ich mit der Kulisse zufrieden war. Dabei achtete ich auch auf wohldosierte Lichtakzente im Garten. Dann schaltete ich das Radio ein, um zu hören, ob Staus gemeldet wurden. Stattdessen gab es Sabrina Setlur, die mir mitteilte:

... du Wichser reißt mein Herz in zwei Millionen Teile aus Schmerz, und die sind schwer wie Blei, meine Gedanken kreisen wie'n Adler immer wieder um dieselbe Kacke ...

Seufzend schaltete ich wieder ab, ließ die Künstlerin allein weiterkreisen und sah nach, ob vielleicht in der Küche noch irgendwas zu tun sei. Alles war bestens vorbereitet. Auch der große Tisch nebenan war perfekt gedeckt. Ich setzte mich auf einen Stuhl und sah nach draußen. Das letzte bisschen Abendrot verschwand.

Als der Wagen auftauchte, war es bereits völlig dunkel. Der Fahrer schien zunächst zu glauben, er habe sich in der Adresse geirrt, denn er fuhr vor, dann im Bogen wieder davon. Als ich die Haustür aufriss und mit den Armen winkte, bremste er und wendete. Ein voll besetzter Kombi. Gelächter, Türenknallen, neugierige Gesichter.

Allen voran eine große Frau, umweht von einem riesigen Cape; darunter bauschte sich ein grell gemusterter afrikanischer Stoff, der ihren massigen Körper mehr betonte als ihn zu bemänteln. Sie sah herausfordernd auf mich herab und reichte mir eine große, feste Hand mit rot lackierten Fingernägeln, die andere hielt zwei Weinflaschen an den Hälsen. Die Frau musste mindestens einsneunzig sein. »Hallo Paul.« Ihre Stimme war tief, ihre Zähne waren weiß, und ihre Haut war sehr glatt. »Ich bin Isabel.«

Isabel Schneider, die Klatschtante! Ihr Foto prangte jede Woche in diversen Blättern – aber auf den Bildern wirkte sie schlank, und selbst auf dem Bildschirm wirkte sie nicht so massig. Sie sah mich fragend an. Offenbar guckte ich ziemlich dumm aus der Wäsche.

Ich besann mich. »Jambo!«

Damit hatte ich den richtigen Ton getroffen, denn sie lachte kehlig. »Jambo, Massa!« Dann, zur Seite gewandt: »Das hier ist Niki!«

Niki war einen guten Kopf kleiner als Isabel und entsprach schon eher der Vorstellung, die ich mir von ihr gemacht hatte. Sie war die emsigste *Tiefbaupraktikerin.* Rastlos schnitt sie neue Themen an, gab Denkanstöße und ließ nichts unversucht, die Welt freundlicher, heiler und seelenvoller zu machen. Nur über ihre Drehbücher sprach sie nicht so gern; sie schrieb nämlich Serienfolgen für *Ärzte aus Leidenschaft* und *Die Schenkenburgs,* und das was ihr peinlich. Gut, dass sie nicht wusste, was ich schon alles an Schnulzen verbrochen hatte.

»Hallo Niki!«

»Hallo!« Sie schleppte ein schweres Einkaufsnetz, das offenbar Reformhaussäfte enthielt. Bevor ich es ihr abnehmen konnte, griff schon ein anderer zu, ein gut aussehender Bursche mit dunklem Haar und tiefblauen Augen, die mich neugierig musterten.

Ich sah ihn fragend an: »Thomas Rieger?«

»Ganz recht.« Er hob die Arme, um zu zeigen, dass er mir nicht die Hand geben könne; rechts hatte er Nikis Netz, links eine Flasche *Louis Roederer*. Mit einer Kopfbewegung deutete er an der Front meines leuchtenden Aquariums entlang: »Sozialer Wohnungsbau, wie?«

Ich nickte tapfer und wies auf den Champagner: »Wenn es nur am Nötigsten nicht fehlt.«

Rieger war in der glücklichen Lage, nicht arbeiten zu müssen. Er hatte mal erwähnt, dass ihm einige einträgliche Mietshäuser gehörten, um die sich eine Verwaltungsgesellschaft kümmere. So konnte er sich die Zeit mit Büchern, Zeitungen, Konzertbesuchen, Ausstellungen, Motorrädern und der Beglückung der Damenwelt vertreiben. Einmal hatte er die *Tiefbaupraxis* mit der Mitteilung verblüfft, er habe neuerdings ein Grab auf dem Ohlsdorfer Friedhof. Wie sich herausstellte, handelte es sich um eine verwaiste Familiengruft, eine Art Mausoleum mit mächtigen marmornen Engeln, für dessen Pflege er eine Patenschaft übernommen hatte.

Jetzt entstieg dem Wagen eine Gestalt, mit der ich rein gar nichts anfangen konnte. Ein dünner, kleiner Mann mit dicken, schwarz gerahmten Brillengläsern, kurz geschnittenem Bart und vorstehender Unterlippe. Sein Lächeln offenbarte unverhältnismäßig große Zähne, doch es war herzlich und dabei ein wenig verlegen.

»Josef Rademann.«

Ich war sprachlos. Ihn hatte ich mir groß und distinguiert vorgestellt, selbstsicher wie die Sprache, die ich von ihm kannte.

Hinter ihm trat der letzte Ankömmling ins Licht – einer von den Männern, denen ich nicht gern die Hand gebe, weil man ihnen ansieht, dass sie einem die Finger quetschen werden.

»'n Abend, Paul!« Er quetschte meine Finger. »Ich binner Ulle.«

»So isses«, sagte Rademann in einem Tonfall, als spreche er über ein krankes Kind. »Das isser Ulle.«

Ullerbek warf ihm einen giftigen Blick zu.

Ich machte einladende Armbewegungen. Die Gesellschaft rührte sich nicht vom Fleck. Ein Blick zur Tür offenbarte den Grund: Dort stand Bruno – kolossal, dunkel, das mächtige Haupt hoch erhoben; der Herr des Hauses, kein Zweifel.

»Oh, der ist völlig harmlos«, erklärte ich. Ich nahm ihn am Halsband und ging voraus. »Die einzige Gefahr, die von ihm ausgeht, besteht darin, dass er einen dreckig macht. Aber heute ist er ganz sauber und trocken. Außerdem ist er sehr gehorsam. Stimmt's, Bruno?!«

Dass Bruno sauber war, stimmte, der Rest war gelogen. Erstens machte er grundsätzlich, was er wollte, und zweitens konnte er durchaus ungemütlich werden, wenn ihm jemand krumm kam. Wer das nicht tat, durfte jedoch auf seine Verträglichkeit zählen. Im Gedränge an der Garderobe unterzog er alle Gäste einer kurzen Schnüffelkontrolle, dann fand er sich großmütig bereit, in seinem Korb Platz zu nehmen.

Ich half Niki aus ihrem blauen Parka. Im Hause meiner Eltern war Wert auf Umgangsformen gelegt worden – wir besaßen ein Bestattungsinstitut. Niki bedachte mich mit einem belustigten Lachen. Braune Augen, wuschelig-halblange Haare, T-Shirt, Jeans – der ungeschminkte Typ. Rademann wurstelte sich umständlich aus einem abgetragenen Trenchcoat, und was darunter hervorkam, war nicht minder zerknittert. Am besten gekleidet wirkte Thomas Rieger, obwohl er nur eine schwarze Hose, ein weißes Hemd und ein schlichtes, schwarzes Jackett trug.

Der mitgebrachte Rotwein erwies sich zu meiner Freude als Burgunder. Isabel hatte sich daran erinnert, dass ich in der *Tiefbaupraxis* mal davon geschwärmt hatte, und war einkaufen gegangen. Ich stellte Riegers Nobelschampus für später kalt und brachte den Wein für mich selbst beiseite. Der war schließlich ein Geschenk. Mein Haus und die vielen herumstehenden Gitarren wurden gebührend bewundert, allerdings war man bestrebt, sich nicht allzu sehr beeindrucken zu lassen.

Als schließlich alle saßen und mit Getränken versorgt waren, trat für eine Moment gespannte Stille ein. Dann fragte Isabel: »Darf man hier rauchen?«

»Klar!«, sagte ich. Sofort setzte die Unterhaltung wieder ein, überall erschienen Zigarettenpäckchen und Feuerzeuge, Ullerbek zog eine Pfeife hervor. Minuten später war der Tisch in dichte Qualmwolken gehüllt.

Rieger wedelte mit der Hand. »Verrückt, nicht? Alle *Tiefbaupraktiker* qualmen wie die Schlote! Lauter gescheite Leute, und sie tun es trotzdem, dabei ist das Gebarze doch sonst gerade bei der Intelligenz verpönt!« Er bot mir eine Zigarette an. »Rauchst du?«

Ich nickte und nahm eine. Er gab mir Feuer. Seine eigene hielt er so, dass seine Hand keinen Rauch abbekam – er wollte keine gelben Finger. Er wedelte wieder in die Runde. »Alles suchtabhängige Proleten hier!«

»Ich nicht«, sagte ich. »Zumindest, was die Sucht betrifft. Ich rauche nur bei Gelegenheiten wie dieser.«

»Wie bitte? Wie soll das gehen?«

»Ganz einfach. Ich kauf keine Zigaretten.«

»Sehr originell.«

»Ich mein es ernst. Ich kaufe niemals selbst welche. Ich rauche nur, wenn ich eine angeboten kriege.«

»Dann wirst du heute bestimmt eine Menge rauchen.«

Ullerbek hob warnend seine Pfeife: »Rauchen gefährdet deine Gesundheit!«

»Ihre«, sagte Rademann.

»Was?«

»Rauchen gefährdet *Ihre* Gesundheit«, erklärte Rademann beifällig. »Der Bundesgesundheitsminister weiß, was sich gehört!«

Alle sahen auf ihre Zigarettenschachteln.

»Tatsächlich«, stellte Rieger fest, »man siezt uns!«

»Schön blöd!«, sagte Ullerbek. »Ein Du spricht einen doch viel mehr an! Viel persönlicher und lockerer.«

»Vielleicht will ich es gar nicht so persönlich!« Rademann paffte einen Rauchring in Ullerbeks Richtung.

Der stieß mit dem Pfeifenstiel hinein. »Komm, Josef, sei nicht so verkniffen! Ist doch nett, dass der Umgangston nicht mehr so distanziert ist wie früher mal! Das macht das Leben doch viel angenehmer! Wieso soll mich zum Beispiel 'ne hübsche, junge Verkäuferin nicht duzen? Da freu ich mich doch!«

»Du kannst dich meinetwegen freuen«, sagte Rademann, »ich freu mich nicht. Und in meinem Fall ist das keine Frage des Geschmacks. Wenn nämlich einer mit meinem Aussehen beim Aldi an der Kasse geduzt wird, ist das kein Zeichen besonderer Wertschätzung.«

»Wie?«

»Du musst doch schon mal gehört haben, wie Ausländer geduzt werden.«

»Was? Echt?« Ullerbek war empört. »Ist das wahr? *So* duzen die dich da? Das ist ja wohl das Letzte!«

»Sie tun's aber.«

»Also, das ist natürlich nicht in Ordnung, dass es in Deutschland immer noch Leute gibt, die andere wie Menschen zweiter Klasse behandeln, bloß weil es Fremde sind oder weil sie anders aussehen«, stellte Niki fest.

Ullerbek stimmte heftig zu. »Richtig. Jeder Mensch hat das Recht auf Respekt. Jeder hat das Recht auf ein höfliches Sie, wenn ihm daran liegt. Menschenwürde hat jeder – sogar ein ... ein Mörder!« Er war sichtlich stolz auf sein gewagtes Beispiel.

»Das hast du aber schön gesagt«, lobte ihn Isabel.

Thomas Rieger machte unschuldige Blauaugen: »Oh ja! Das musste endlich mal gesagt werden! Und es führt uns gleich zu weiteren Einsichten. Überlegt nur mal: Da der Mörder ein Recht darauf hat, gesiezt zu werden, verpflichtet ihn das natürlich auch dazu, seinerseits das Opfer zu siezen, stimmt's?«

»Im Prinzip ja, aber es gibt Ausnahmen«, wandte Rademann ein. »Ein Mörder kann sein Opfer nicht gut siezen, wenn es minderjährig ist. Umgekehrt sollte das jugendliche Opfer den älteren Mörder unbedingt siezen.« Er überlegte. »Ich frage mich allerdings, ob bestimmte Mordsituationen – ich meine solche mit sehr intimem Charakter wie etwa im Zusammenhang mit Vergewaltigungen – ob solche Fälle nicht grundsätzlich ein vertrauliches Du nahelegen.«

Ullerbek war rot angelaufen. »Ich seh schon, das ist jetzt wieder eure hämische Masche, alles ins Lächerliche zu ziehen und mich ins Unrecht zu setzen. Aber wenn ich sage, auch Mörder haben Menschenwürde, heißt das noch lange nicht, dass ich Mordtaten in Ordnung finde, das wisst ihr genau! Wer andere Menschen ermordet, steht für mich außerhalb der Gesellschaft!«

Rademann nickte ernst. »Da sprichst du einen wunden Punkt an, Ulle. Du hast ganz recht, Mörder sind eine Minderheit. Die finden im sozialen Netz wenig Halt. Es gibt so gut wie keine Ausbildungsplätze, offene Stellen schon gar nicht. Da bleibt fast nur ehrenamtliche Arbeit. Entsprechend schlecht sind die Verdienstmöglichkeiten, von Aufstiegschancen oder Ruhestandsbezügen gar nicht zu reden. Kein Wunder, dass das gesellschaftliche Ansehen von Mördern im Keller ist.«

»Halt mal«, wandte Rieger ein, »was ist mit der Bundeswehr?! Die Bundeswehr bietet doch Ausbildungsplätze für fachgerechtes Töten!«

Rademann winkte ab: »Was nützt dir so eine Ausbildung, wenn du mit dem Abschluss nicht mal offiziell als ›Mörder‹ firmieren darfst? Da robbst du monatelang durch den Dreck und lernst schießen und hauen und stechen, und am Ende darfst du dich gerade mal ›potenzieller Mörder‹ nennen. Wer will denn schon einen potenziellen Mörder? Keine Sau! Es bestellt ja auch niemand einen potenziellen Fliesenleger! Nein, den einfachen Mörder auf der Straße, den kleinen Totmacher, lässt man im Regen stehen, und er kann nichts dagegen tun – für ihn gibt's weder eine Mördergewerkschaft noch eine Lobby in der großen Politik.«

»Dann muss er sich eben hocharbeiten wie andere Selbstständige auch.« Isabel nahm einen großen Schluck aus ihrem

Weinglas. »Er muss sich um Aufträge bemühen und sich nach und nach einen soliden Ruf als Massenmörder schaffen. Ich glaube nicht, dass ein bekannter Massenmörder beim Aldi noch geduzt wird.«

Niki drückte kopfschüttelnd ihre Zigarette aus und goss sich Multivitaminsaft aus ihrer Reformhausflasche nach. »Also, ich geb ehrlich zu: Da komm ich nicht mehr mit. Aber es muss ja nicht jeder ein Zyniker sein.«

»Ein Massenmörder«, spann Isabel ihren Faden ungerührt weiter, »kann sogar noch weiter aufsteigen: zum Völkermörder. Dann verkehrt er in den allerersten Kreisen! Wie ist das eigentlich«, sie legte Ullerbek eine Hand aufs Knie, »darf man einen General einen potenziellen Völkermörder nennen?«

»Sehr komisch!« Der Ex-Fallschirmjäger kniff die Beine zusammen und paffte wütend. »Nette Art von Humor, echt. Aber wenn mal Not am Mann ist, dann schreit ihr nach der Bundeswehr!«

Rieger hob eine Braue. »*Ich* schreie nach der Bundeswehr?!«

»Ganz recht, wenn Not am Mann ist, schreist du auch nach der Bundeswehr! Was glaubt ihr, was 1962 in Hamburg los war, bei der großen Sturmflut! Wer hat denn da geholfen und hat im Wasser gestanden bis zur Halskrause und hat die Menschen zu Hunderten gerettet mit Sturmbooten und Schlauchbooten und so weiter?! Oder bei der Schneekatastrophe in Schleswig-Holstein 1978/79, wer hat denn da die Leute aus ihren eingeschneiten Autos rausgeholt, Straßen geräumt, abgeschnittene Dörfer versorgt? Und wer hat erst vor drei Wochen an der Oder Sandsäcke geschleppt bis zum Umfallen?!«

»Erinner mich nicht daran!« Rademann stöhnte. »Ich seh immer noch diesen einen Moderator vor mir – eine Betroffenheitsvisage, als hätte ihm jemand in den Audi geschissen. Dahinter bildschirmfüllend ein dramatisches Schwarzweißfoto von einer Frau, die ihr Gesicht in den Händen vergräbt. Und was ist los? Zerfetzte Bombenopfer in Israel? Neue Massengräber in Jugoslawien? Wird mal wieder den Indios die grüne Heimat abgefackelt, oder sind ausnahmsweise die Kinder ein Thema, die jeden Tag weltweit zu Tausenden verhungern? Von wegen! In Ratzdorf und Hohenwutzen geht die Oder über'n Deich, will gar bei Meiers in den ersten Stock! Entsetzen und Anteilnahme der Nation sind unbeschreiblich, der Deich wird schwammiger und schwammiger, die Bundeswehr immer heldenhafter und heldenhafter, die Politiker kleben vor den Kameralinsen wie die Egel. Kein Tag ohne endlose Sondersendungen, keine Stunde ohne Wasserstandsmeldungen, immer schwammiger der Deich, immer heldenhafter die Bundeswehr!«

Niki schüttelte verständnislos den Wuschelkopf. »Was ist lächerlich an einer verzweifelten Frau? Wenn Menschen ihr Hab und Gut verlieren und ihre Existenz – ist das keine Nachricht wert?«

Rademann bleckte verärgert die großen Zähne. »Doch, das ist es, und Meiers tun mir ja auch leid. Ehrlich. Ich kann verstehen, dass sie weinen. Wenn ich nicht so pleite wär, würd ich sogar was spenden. Die Oderflut war mehr als eine Nachricht wert – aber was da geboten wurde, waren keine Nachrichten, das war eine einzige pausenlose, gnadenlose Seelenschmalzberieselung, eine Seifenoper auf allen Kanälen!«

Die Soap-Schreiberin Niki presste die Lippen aufeinander.

Rademann riss die Augen auf. »Man stelle sich vor: Es gab allen Ernstes ein Feature mit dem Titel *Der alte Mann und die Flut*. Wahrscheinlich komplett mit teilnahmsvoll gerauntem

Kommentar unterlegt. Diese penetrante Rührseligkeit war unerträglich. Es gibt nun mal Schlimmeres auf der Welt als vollgelaufene Wohnküchen, und so manche echte Katastrophe auf diesem Planeten haben wir nach Kräften mitverursacht, beispielsweise durch den Dreck, den wir in die Atmosphäre blasen.« Er blies einen Rauchring in Nikis Richtung. »Nichts gegen Nothilfe fürs Oderbruch, aber das Gesülze in den Medien war eine Zumutung. Gebe Gott, dass diesem Moderator tatsächlich einer in den Audi scheißt.« Er griff nach seinem Glas.

Niki lachte bitter. »Hauptsache, das Fernsehprogramm genügt deinen intellektuellen Ansprüchen, wie? Bloß nicht zu viel Mitgefühl und Menschlichkeit, immer schön distanziert und abgehoben, und wenn über andere Menschen mal eine Naturkatastrophe hereinbricht – macht nichts, sind ja bloß ein paar vollgelaufene Wohnküchen!«

Ullerbek sprang ihr bei. »Was ist das überhaupt für 'ne unsinnige Logik, Josef?! Es kann ja sein, dass es Leute auf der Welt gibt, die noch viel ärmer dran sind, aber davon wird das Elend an der Oder doch nicht besser! Stell dir mal vor, deine eigene Bude stünde unter Wasser – da hättest du auch 'ne andere Sicht der Dinge!« Er versuchte vergebens, sein Knie aus Isabels Reichweite zu bringen.

Sie sah ihn von unten herauf an. »Ulle, du hast völlig recht. Die Logik, dass andere Menschen auf dieser Welt noch ärmer dran sind, ist unsinnig.« Sie machte einen Schmollmund. »Ich selbst hatte zum Beispiel neulich vom vielen Sushi so ein Völlegefühl, dass ich mich zum Shopping förmlich zwingen musste – also, das war auch echt hart aus meiner Sicht. Aber hör mal, eins macht mir gerade noch mehr Sorgen.« Sie verstärkte ihren Griff. »Kann eigentlich auch ein Penthouse volllaufen?«

»Also wirklich!« Er zog ihre Krallen von seinem Knie und musste nun mit ihr Händchen halten, um weiteren Übergriffen vorzubeugen. Mit dem Pfeifenstiel deutete er abwechselnd auf sie und Rademann: »Arroganz und Zynismus, sage ich! Arroganz und Zynismus. Und überhaupt – der Zusammenhang zwischen unserem CO_2-Ausstoß und konkreten Klimakatastrophen ist bislang keineswegs schlüssig bewiesen.«

»Da hat er jetzt recht,« stimmte Rieger zu, »bis jetzt ist ja nicht mal das Krebsrisiko durchs Rauchen schlüssig bewiesen.«

Außer Ullerbek nickten alle grinsend.

Aus dem Hundekorb kam ein tiefes Knurren. Draußen näherte sich ein Auto. Bruno erhob sich und trabte in den Flur. Ich folgte ihm. Vor der Tür kam ein Taxi zum Stehen, dann tat sich eine ganze Weile nichts. Der Diesel brummte. Die Bezahlung zog sich hin, wie es schien. Ich stand wartend im Eingang.

Endlich öffnete sich die Beifahrertür. Ich hielt den Atem an. Nach den vorangegangenen Überraschungen war dies die größte.

* * *

Ein Durcheinander aus Schals, Tüchern und Mantelschößen, einer überquellenden Reisetasche und zerzaustem Haar. Ich hatte noch nie eine so wirre, so üppige, so leuchtend rote Mähne gesehen. Darunter ein bildschönes Gesicht mit markanten Wangenknochen, etwas blass, der Ausdruck angespannt.

Ich hörte auf zu starren und riss mich zusammen. »Hallo Eva.«

Sie sah sich um, ohne eine Miene zu verziehen. Bruno lief zu ihr und stieß sie mit der Schnauze an. Ich hatte gar nicht gemerkt, dass ich sein Halsband losgelassen hatte. Sie kraulte ihn mit der freien Hand hinter den Ohren, ohne den Blick von meinem Glaspalast zu wenden.

»Guten Tag, Paul.« Sie überlegte sichtlich, dann sagte sie ernst und akzentuiert: »Das ist ein schönes Haus.«

Dabei traf mich eine halbe Sekunde lang ein scheuer, unsicherer Blick. Ich bedankte mich mit einem Kopfnicken. Ihr Gesicht war voller Sommersprossen. Sie sah auf Bruno herab und schien eine Antwort von mir zu erwarten.

»Es ist ziemlich neu«, sagte ich, »ich komme mir selbst noch etwas fremd drin vor.« Ich grinste: »Die Schönheit genieße ich natürlich, ich hab nur manchmal den Verdacht, das Einzige, was nicht da nicht reinpasst, bin ich!«

Sie sah irritiert auf, was wiederum mich verwirrte. »Sollte ein Witz sein. In Wahrheit find ich mich gar nicht so hässlich.« Was redete ich da für einen Mist zusammen? Die Frau hatte eine unheilvolle Wirkung auf meinen Verstand. Und sie hatte wunderbar volle, geschwungene Lippen. Während ich meinen Blick davon loszureißen versuchte, fiel mir auf, dass sie sich in stummer Bewegung befanden, so als spreche sie innerlich. Sie wandte sich um und wies auf die Rückleuchten des Taxis, die zwischen den Bäumen verschwanden. »Da hinten steht ein Mann.«

»Wo? Was für ein Mann?«

»Keine Ahnung. Ist einfach da, im Gebüsch. Man hat ihn im Vorbeifahren gesehen, den Schatten gegen die Lichter, die Fenster.«

»Na ja,« sagte ich, »hier draußen gehen viele spazieren, führen ihren Hund aus, manche sind vielleicht auch mal ein bisschen neugierig. Das ist normal auf dem Dorf.« Ich zog

Bruno am Schwanz: »Außerdem haben wir hier ja selber einen Wachhund. Wenn dem Haus hier tatsächlich jemand zu nahe kommt, ist sofort der Teufel los!«

Bruno presste den Kopf an Evas Hüfte und brummte.

Ich lachte: »Im Augenblick hat er allerdings anderes im Sinn. Du gefällst ihm.« Ich nahm ihr die Reisetasche ab und hielt ihr die Tür auf.

Sie ging zögernd voraus, den albernen Bruno so eng an ihrer Seite, als habe sie Zucker in den Taschen. Er hatte auf Anhieb einen Narren an ihr gefressen. Und er war nicht der Einzige. Ich hängte ihren Leinenmantel auf und stellte ihre Tasche ab, dann ging ich vor. Die Unterhaltung am großen Tisch war ungemindert angeregt.

»Hier kommt Eva«, sagte ich.

Das Gespräch verstummte. Sie blieb schräg hinter mir stehen. Ich konnte hören, wie sie heftig einatmete.

Rademann neigte nur freundlich den Kopf, aber Ullerbek und Rieger waren elektrisiert. Ulle warf sich in die Brust und suchte mit kernigem Lächeln zu signalisieren, er sei der ideale Mann zum Anlehnen. Rieger schaffte es, noch lässiger und teurer auszusehen, als er ohnehin schon gewirkt hatte.

Niki schrumpfte förmlich in sich zusammen; ihre Miene sagte alles: Na bitte, da haben wir's ja mal wieder. So sieht 'ne schöne Frau aus – nicht klein und flach wie ich.

Isabel dagegen war sofort wie ein Spürhund auf Fehlersuche, musterte Eva von oben bis unten und registrierte erfreut das textile Drunter und Drüber. Sie wies in die Runde: »Das sind Niki, Ulle, Thomas und Josef, und ich bin Isabel.« Sie strahlte, doch in ihren Mundwinkeln war zu lesen: Und du bist ne bildschöne Vogelscheuche. »Willkommen im kleinen, gemeinen harten Kern der *Tiefbaupraxis*!«

»Die *Tiefbaupraxis* ist nicht klein und gemein«, sagte Eva und verstellte dabei ihre Stimme, sodass sie klang wie Kermit der Frosch aus der Sesamstraße. »Sie ist ein Refugium der Gerechten.«

Die Spannung löste sich in zustimmendem Gelächter. Ich bot Eva einen Platz am Kopfende an und fragte sie, was sie trinken wolle.

»Weißwein bitte«, sagte Kermit.

Als ich mit der gekühlten Flasche zurückkam, hatte sie sich gesetzt, allerdings in einigem Abstand zum Tisch. Sie hielt eine von Riegers Zigaretten in der Hand, ohne daran zu ziehen. Er verrenkte sich den Hals und lächelte sie immer wieder von der Seite an, was Niki überhaupt nicht zu gefallen schien; sie suchte seinen Blick, was Rieger ignorierte. Er wiederum wurde zu meiner Freude von Eva überhaupt nicht beachtet; sie blickte zu Rademann hinüber.

»Tut mir leid, das ist Unfug«, sagte der gerade zu Ullerbek. »Im Internet geht es absolut nicht freier zu als im deutschen Alltag. Das Gegenteil ist der Fall! Überleg mal: Noch in den Siebzigerjahren hatten Kinder die Klappe zu halten, solange sie die Füße unter Papas Tisch streckten, als Jugendlicher konntest du an jeder Straßenecke die Auskunft kriegen, ›ein langhaariger Affe wie du gehört ins Arbeitslager‹, kritische Journalisten wurden von Franz Josef Strauß ganz offen als Ratten und Schmeißfliegen abgekanzelt ...«

»Und Mutti hatte sich um ihr Lenor-Gewissen zu kümmern«, fiel Ullerbek ihm ins Wort. »Das ist doch genau, was ich sage!«

»Dann denk jetzt mal ein paar Jahrzehnte weiter! Wie sieht's denn heute aus? Heute werden die Kinder von den Eltern zu kritischem Selbstbewusstsein angehalten, und es sind die Politiker selber, die vor der mündigen Öffentlichkeit als korrupte Versager dastehen! Und Mutti erobert eine Männerposition nach der anderen. Ich sage nicht, dass das alles schon bestens läuft, aber die Veränderungen sind jedenfalls immens! Sogar die Mauer ist weg – dank einer gewaltlosen Revolution unbeugsamer, freiheitsstrebender Bürger.«

Eva hatte die Arme steif vor der Brust angewinkelt, hielt ihr Weinglas in der Linken, die Zigarette in der Rechten und sah starr geradeaus. Rieger gab den Versuch auf, ihre Aufmerksamkeit zu gewinnen, und lehnte sich verdrießlich zurück. Niki entspannte sich.

Rademanns Tonfall wurde spöttisch. »Wir sind das Volk, wir tragen das Haupt stolz erhoben; wehe dem, der uns den Mund zu verbieten wagt! Es sei denn, wir bewegen uns im Internet! Da kriechen wir unterwürfig in allen möglichen schwiemeligen Foren und Sabbelbuden herum und lassen uns von Administratoren und Moderatoren gängeln!«

»Was?«, schnaubte Ullerbek, »Das ist doch Quatsch! Ich muss mich doch nicht gängeln lassen! Ich kann mir doch aussuchen, wo ich hingehe!« Er prüfte mit einem raschen Seitenblick, ob Eva ihn beachtete. Sie tat es nicht.

Rademann steckte sich eine neue Zigarette an. »Du kannst hingehen, wo du willst, Ulle, es ist überall dasselbe. Internetforen funktionieren prinzipiell nicht demokratisch. Jedes wird irgendwann von irgendjemandem eingerichtet, der sich was davon verspricht, und sei es nur ein bisschen mehr persönliche Bedeutung. Der rührt dann die Trommel für seine neue Spielwiese, bastelt einen bunten Rahmen dafür, hängt eine Hausordnung auf und ist fortan Administrator. Und der Admin regiert absolut. Er kann seinen Gästen nach Belieben gewisse Berechtigungen zuteilen und wieder entziehen, er kann Moderatoren ernennen, und selbstverständlich kann er jedwede Meinungsäußerung nach Herzenslust zensieren.

Aufmucker werden vor die Tür gesetzt. Also will niemand anecken, weil er Angst vor der Vertreibung aus seinem virtuellen Freundeskreis hat. Und das Verrückteste ist, dass das nicht mal als Bevormundung empfunden wird: Mods und Admins sind für die meisten so was wie Hohepriester, die mit heiliger Strenge die *Netiquette* durchsetzen, das Grundgesetz des Internets, und das besagt: Wir sind hier alle wahnsinnig lieb und tolerant zueinander und benutzen lustige Smileys – sonst fliegst du raus.«

Das Gesicht über ihrem Glas, sagte Eva mit Kermitstimme: »Wer nicht in gebotener Demut die Kommaregeln achtet, fliegt raus!«

Wieder erntete sie Gelächter. Rademanns Ton wurde noch einen Tick bissiger: »Ganz recht! Das Wort der Mods und Admins ist Gesetz. Und es gibt immer Leute, die sich bei ihnen ranschmeißen, Schleimer, Mitläufer, Radfahrer, Blockwarte, die emsig jeden Abweichler ausgrenzen.«

Eva sah betroffen auf.

Niki protestierte. »Aber nicht in der *Tiefbaupraxis*!«

»Die *Tiefbaupraxis* ist eine Insel der Meinungsfreiheit«, räumte Rademann ein und wies stolz auf Rieger. »Was wir allein Thomas zu verdanken haben, dem es gelungen ist, unsere kleine Konferenz so gut zu verstecken. Es gibt keine Mods und Admins, die sich um uns kümmern. Jeder kann sagen, was er will. Was im Übrigen den Nachteil hat, dass man auch jeden Schwachsinn ertragen muss. Leider nicht nur falsche Kommata.«

»Erol zum Beispiel«, stimmte Niki zu.

Isabel und Thomas Rieger wechselten einen schnellen Blick.

Einen Augenblick lang herrschte Schweigen, dann sagte Ullerbek: »Also, Erol ist ein echter Schmierfink.«

Rademann zog die Mundwinkel nach unten. »Erol ist nur ein Troll.«

»Ein unerträgliches, gestörtes kleines Arschloch von einem Troll«, setzte Rieger nach.

Niki nickte heftig.

Isabel beugte sich vor und sagte zu Rademann: »Nur ein Troll, ja, aber er macht dir ganz schön zu schaffen, mein Lieber.«

»Was ist denn ein Troll?«, fragte ich. Alle sahen mich an.

Isabel antwortete. »Ein Kobold.« Sie lachte und legte eine Hand auf meinen Arm. »Nein, Quatsch. Ein Troll ist ein Provokateur. Er sucht sich irgendein Forum und postet irgendwelchen Scheiß, absurde Behauptungen, Lügen, Beleidigungen – und dann weidet er sich an den empörten Reaktionen. Ein armes Würstchen, das Beachtung sucht und allen damit auf die Nerven geht.«

Ich hatte einige von Erols Tiraden gelesen, wenn auch keine zur Gänze. Sie waren mir viel zu langatmig. Stets waren sie gegen Rademann gerichtet. Mal wurde ihm intellektuelle Überheblichkeit vorgeworfen, mal Menschenverachtung, mal Gewissenlosigkeit. Die Postings troffen vor Hass; manche lasen sich wie schlechte Groschenhefte, und manchmal wurde der Ton so schwülstig düster und bedrohlich, als solle Josef Rademann im nächsten Absatz als Josef Mengele enttarnt werden. Immer wieder wurden »belastende Fakten« angekündigt, aber echte Enthüllungen hatte es noch nie gegeben.

»Er heißt nicht wirklich Erol, oder?«

Isabel winkte ab. »Natürlich nicht. Den Namen hat er sich ausgesucht, weil der so häufig ist – in der Türkei gibt es Erols wie bei uns Müllers, und obendrein kann er so als geknechteter Ausländer auftreten.«

»Josef«, sagte Niki, »du weißt ja, dass ich deine zynische Art ablehne, aber in dem Fall wär sie vielleicht ausnahmsweise wirklich mal angebracht. Wieso reagierst du nicht auf das Geschmier? Wieso machst du den Typ nicht fertig?«

Wieder wechselten Rieger und Isabel einen raschen Blick.

Rademann schwieg einen Moment, bevor er antwortete. »Weil es unmöglich ist. Einem Troll kann man nicht Paroli bieten, weil er seine Behauptungen aus der Luft greift. Wie soll ich beispielsweise den blödsinnigen Vorwurf entkräften, ich sei ein Menschenverächter? Ich müsste den Beweis antreten, dass ich noch nie was Menschenverachtendes gesagt habe! Das ist unmöglich.«

»Also, zumindest ein Männerverächter bist du nicht – das kann ich jederzeit bezeugen«, grinste Rieger.

»Da habt ihr's«, sagte Rademann. »Ich gehör selber zu einer diskriminierten Minderheit – und dennoch: Würde ich mich dazu erniedrigen, diesem Erol zu erklären, was mir die Würde des Menschen bedeutet, würde er bloß schreien: Jetzt seht euch das an – ausgerechnet Rademann bekennt sich zur Humanität! Nun heuchelt er auch noch! Nein, Leute, es gibt nur ein Rezept gegen so einen Kretin, und das heißt: never feed the troll, füttere nie den Troll. Er nährt sich von deinen Reaktionen, also musst du ihn ignorieren.«

»Wenn du das mal könntest«, sagte Isabel. »Du hältst still, das stimmt, aber du bist schwer angefressen, richtig verbiestert.«

Rademanns Blick flackerte leicht. Er nahm die Brille ab und rieb sich die Nase. »Möglich. Ich kann mich nicht gut damit abfinden, dass ich diesen blödsinnigen Beschuldigungen ohnmächtig ausgeliefert bin. Ich denke logisch ...«, er tippte sich an die Stirn, »ich argumentiere vernunftgemäß – anders kann ich nicht. Gegen haltloses Gepöbel bin ich wehrlos, das geb ich zu.«

Eva starrte ihn an. Ihre Lippen bewegten sich.

Rademann rückte seine Brille wieder an ihren Platz. »Bevor ich mich auf eine Prügelei mit einem Idioten einlasse, halt ich lieber still.«

Eva stellte ihr Glas unvermittelt ab, stand auf und ging ein paar Schritte in Richtung Flur. Dort sah sie sich suchend um. Ich zeigte ihr den Weg zur Toilette. Sie hielt den Blick die ganze Zeit gesenkt, aber ich bemerkte, dass ihre Stirn schweißnass war.

Als ich zurückkam, waren immer noch aller Augen auf Rademann gerichtet. Er gestikulierte, dass die Rauchschwaden waberten. Der Tisch spiegelte sich in den hohen Panoramascheiben, dahinter war der Garten zu erkennen, erste, vereinzelte Blätter auf dem Rasen, die Windbewegung tief hängender Äste in den Lichtkegeln der Gartenleuchten.

»Ich hab's doch gerade erklärt«, sagte er, »wenn Tatsachen und Argumente in einer Auseinandersetzung nichts mehr wiegen, dann sagt mir eine innere Stimme: Vorsicht, Josef, kleine Schwuchtel – feindliches Gebiet! Versteht ihr? Gegen einfältiges Meutegeblöke und schallendes Deppengelächter bin ich machtlos. Da hilft nur der Rückzug in Regionen, wo überlegene Gedankengänge den Ausgang einer Kontroverse entscheiden! Ich will die Fakten blitzen und die Worte funkeln sehen!«

Ich räusperte mich. »Bevor wir weiter die Fakten blitzen und die Worte funkeln lassen, sollten wir vielleicht ein paar fettglänzende Häppchen essen?«

Die Zustimmung war einhellig, aber bezeichnenderweise machten außer Bruno nur die beiden Frauen Anstalten, mir in die Küche zu folgen.

Die Männer wussten nicht, was sie versäumten. Meine Küche ist nämlich sehenswert. Sie ist ein Lebensraum, der die Trennung von Kochen und Wohnen anhand hochwertiger Materialien und innovativen Designs völlig aufhebt, und mehr noch: Funktionalität und Ergonomie sind auf so minimalistische Weise gepaart, dass sinnliche Skulpturalität entsteht. Wenn ich meinen Architekten richtig verstanden habe. Mit Sicherheit sagen kann ich, dass meine Küche riesig ist.

»Ach du lieber Himmel!« Niki machte große Augen.

Isabel strich mit der Hand über eine der granitenen Arbeitsplatten. »Nicht schlecht, mein Lieber! Kannst du so kochen, wie die Küche aussieht?«

Ich kann nur Wasser heiß machen und Eier kochen, also ließ ich die Frage unbeantwortet und begann, die Schüsseln und die Speisetabletts aus dem großen Kühlschrank zu holen. Niki nahm vorsichtig die Frischhaltefolien ab, Isabel knüllte sie zusammen, warf sie in den Mülleimer und löschte bei der Gelegenheit gleich ihre Zigarette unterm Wasserhahn. Dann trugen wir auf: diverse Fischsalate, Räucherlachs, Scampi, Roastbeef, Wildpastete, Lachsschinken mit Melone, Putenbrustscheiben, Geflügelsalat, dazu alle möglichen Saucen und eine herrliche Auswahl verschiedener Brotsorten, einen Obstsalat als Nachspeise. Außerdem gab es eine wohlsortierte Käseplatte. Gut, dass Anneliese mich nicht täglich verpflegte – ich wäre binnen kürzester Zeit aus dem Leim gegangen.

Bruno begleitete aufmerksam jeden unserer Schritte; es hätte schließlich was herunterfallen können. Während Rademann und Rieger ihre Hilfe auf die für Männer typischen pantomimischen Armbewegungen beschränkten, kam Ulle wenigstens noch vom Stuhl hoch und stellte die Aschenbecher weg. Niki zündete die Kerzen in den beiden Tischleuchtern an.

Josef Rademann hob sein Glas: »Ein Festmahl, Paul! Die *Tiefbaupraxis* dankt für deine generöse Einladung. Wir wissen deine Gastfreundschaft zu würdigen und werden sie in vollen Zügen genießen. Auf dein Wohl und auf ein unvergessliches Wochenende!«

Niki fragte: »Warten wir auf Eva?«

»Nee«, sagte ich, »fangt mal an.« Ich hatte das Empfinden, dass Eva nicht so gern im Mittelpunkt solchen Aufhebens gewesen wäre.

Isabel langte nach den Scampi. »Besonders liebenswürdig ist sie nicht, oder? Hat sie wohl nicht nötig bei der Figur. Apropos, habt ihr den Rock gesehen? Recht fleckig, würde ich sagen.« Sie machte ihren Schmollmund und imitierte Evas Lippenbewegungen.

Rademann löffelte Geflügelsalat auf seinen Teller. »Weiber! Kaum verlässt eine den Raum, ziehen die anderen über sie her. Könnte unter Männern nie passieren, was, Ulle?«

»Nie im Leben.« Ullerbek versorgte sich mit größeren Mengen Roastbeef.

Rieger kostete die Wildpastete und schnalzte mit der Zunge. »Lecker! Also, wenn ihr mich fragt – wer solche Beine hat, braucht sich über ein paar Flecken auf dem Rock tatsächlich keine Gedanken zu machen.«

»Dass du bei einer Frau nur auf die Beine starrst, ist klar«, sagte Niki, »ansonsten interessiert dich doch höchstens noch der Hintern!«

Rieger hob einen Finger: »Und der Busen!«

»Idiot!« Sie ließ die Gabel sinken. »Überhaupt, ich glaub nicht, dass Eva eingebildet ist, ich hab eher den Eindruck, dass sie ... dass sie vielleicht Probleme hat.«

»Ach, Niki, du gute Seele«, sagte Isabel mit vollem Mund.

Bruno ließ ein Winseln hören. Seine Haltung zeigte, wie sehr er darunter litt, als Einziger vom Essen ausgeschlossen zu sein. Flach auf den Boden gepresst kämpfte er darum, den befohlenen Abstand vom Tisch einzuhalten, doch verweigerten ihm seine dicken Vorderpfoten den Gehorsam. Sie krochen unaufhaltsam Millimeter um Millimeter vorwärts, und wenn er es unter größten Anstrengungen schaffte, sie ein winziges Stück zurückzuziehen, machten ihm sofort die Hinterläufe den bescheidenen Erfolg zunichte, indem sie gleich seinen ganzen widerstrebenden Rumpf voranschoben. Ständig gähnte er und ruckte mit dem Kopf, als wisse er nicht wohin damit, sein Schwanz schlug unruhig hin und her. Der sonst so stolze, große Hund bot ein klägliches Bild innerer Zerrissenheit, sein Blick war ein einziges Flehen um Erlösung.

Rademann nickte gerührt: »Tiere klagen an!«

»Bruno!«, sagte ich strafend, was dieser freudig missverstand: Er sprang auf mich zu und stieß mich mit dem Kopf an. Ich kapitulierte. Kaum hatte er etwas von mir bekommen, machte er die Runde um den ganzen Tisch und ließ sich reihum stopfen. Natürlich war es grundfalsch, ihn zu füttern. In meinen Hundebüchern stand, dass solchem Gebettel von Anfang an mit sanfter Strenge und unbedingter Konsequenz zu begegnen sei, weil nur ausgewogene, artgerechte Nahrung dem Tier Gesundheit und Wohlbefinden garantiere. Leider konnte Bruno nicht lesen.

»Wir sollten mal nachsehen, wo Eva bleibt«, sagte Niki.

Sie hatte recht. Eva hatte elend gewirkt. Es war wohl besser, wenn eine der Frauen mitging. Ich wollte Niki gerade darum bitten, als die Vermisste zurückkam. Sie setzte sich, ohne jemanden anzusehen. Der Schweiß war von ihrer Stirn verschwunden, aber ihr Gesicht war noch blasser als vorhin.

Ich wies einladend auf die Speisen und goss ihr Wein nach. Sie nahm umständlich etwas von dem Obstsalat und aß mit ungelenken Bewegungen. Ich hatte noch nie jemanden so gehemmt essen sehen. Als sie merkte, dass ich sie beobachtete, verkrampfte sie noch mehr. Rasch wandte ich den Blick ab und fand mich selbst unter Isabels spöttischen Augen wieder. Sie schnitt ein bockiges Gesicht und ahmte dazu wieder Evas stumme Lippenbewegungen nach.

Plötzlich schoss Bruno mit ohrenbetäubendem Gebrüll auf die Fensterfront zu. Alle am Tisch schrien unwillkürlich auf, Niki ließ ihr Besteck fallen. In einem der Lichtkegel draußen war ganz kurz eine Bewegung wahrzunehmen, ein rennender Mensch. Oder ein Tier? Nein, es war eindeutig ein Mensch gewesen.

»Bruno!« Er hörte auf zu bellen und kam aufgeregt zu mir. Ich klopfte ihm den Rücken. »Ist ja gut, Alter, hast gut aufgepasst!« Er lief noch mal zum Fenster und legte ein tiefes Grollen nach. Außer Eva standen alle auf und spähten ins Freie.

»Was war das denn, um Himmels willen?« Ullerbek fuchtelte mit Messer und Gabel. »Hältst du dir freilaufende Nazis im Garten?«

»Wie kommst du denn darauf?«

»Na, da rannte doch eben ein Typ mit Glatze, oder nicht?!« Wir sahen Ulle an. »Ein Typ mit Glatze und Springerstiefeln, da würd ich wetten«, bekräftigte er.

»Reizende Gegend«, sagte Rademann und setzte sich wieder.

Ich nahm den Hund am Halsband und ging mit ihm auf die Terrasse. In den beleuchteten Bereichen des Gartens rührte sich nichts außer den Zweigen im Wind. Die Strahler ließen die umgebende Dunkelheit nur umso undurchdringlicher wirken, tiefschwarz die Hecken, darüber die gewaltigen Silhouetten der Eichen. Bruno lauschte und hielt die Nase in die Luft. Nichts. Sein gesträubtes Nackenfell legte sich langsam.

»Lässt du ihn nicht los?«, sagte Niki hinter mir hoffnungsvoll.

»Wenn ich das jetzt tue, bleibt er die ganze Nacht weg, und morgen früh um sechs kommt er dreckig wie ein Schwein nach Hause und bellt uns alle wach. Das Phantom scheint ohnehin verschwunden zu sein, sonst wär er nicht so friedlich. Gehn wir rein.«

Drinnen warteten fragende Mienen. »Alles in Ordnung«, beruhigte ich. »Ich kann euch versichern: Ihr braucht euch keine Sorgen zu machen. Auf dem Lande ist die Welt immer noch intakter als in eurem verderbten Hamburg.«

»Aber Nazis habt ihr hier draußen!«, beharrte Ullerbek befremdet.

»Wieso überrascht dich das?«, fragte Niki. »Hast du nicht mal erzählt, du kämst selber vom Lande?«

Ulle machte eine wegwerfende Handbewegung: »Das ist schon so lange her, da gab's in der Heide noch keine Glatzen.«

»Na ja«, meinte Rieger, »wenigstens scheinen die sich hier auf dem Land an ihre Wildwechsel zu halten. Du hast doch die beste Sicht gehabt, Ulle, was meinst du, war's wenigstens ein kapitaler Bursche?«

»He, vielleicht ist gerade Brunftzeit!« Isabel gab ihrer Stimme einen lüsternen Unterton. »In der Brunftzeit wird doch ständig geröhrt und gerammelt, oder? Hach, das muss ein herrliches Bild sein, wenn im Frühnebel so ein Rudel Nazis röhrend und rammelnd auf die Lichtung tritt, und das Morgenrot schimmert auf den Glatzen!«

Rademann rieb sich die Nase. »Sehr romantische Vorstellung! Kriegst du da nicht Lust zum Ballern, Ulle? Vielleicht hat Paul ein Gewehr im Haus!«

»Das ist nicht witzig!« Ullerbek war empört. »Gerade *weil* ich den Umgang mit der Waffe gelernt habe, würd ich niemals in der Gegend rumballern!«

Niki, die mit dem Rücken zum Fenster saß, drehte sich immer wieder besorgt um und sah hinter sich. »Mal im Ernst, Paul, wie ist das hier bei euch? Habt ihr echt ein Naziproblem?«

»Ob es ein Problem ist, hängt vom Betrachter ab und davon, ob man betroffen ist oder nicht.« Ich kam um eine Erklärung nicht herum. »Ein paar Rechte gibt's in jedem Dorf. Da werden schon ganz gern mal ausländerfeindliche Sprüche gekloppt, und manche von den Glatzen machen sich einen Spaß draus, rumzupöbeln und Schlägereien anzufangen. Es passiert aber auch, dass sie dabei ganz fürchterlich was auf die Schnauze kriegen. Und der Hintergrund ist bestimmt kein braunes Gedankengut, sondern schlichte Blödheit. Die weit überwiegende Mehrheit der Dörfler ist im Übrigen völlig normal. Normal im Sinne von indifferent, meine ich. Man hält sich raus und kümmert sich um seinen eigenen Kram. Das allerdings tun manche sehr intensiv.«

Rieger deutete meinen Tonfall richtig und hakte nach. »Ach ja?«

»Wenn ihr wirklich mehr wissen wollt, habt ihr morgen Gelegenheit zu einem ziemlich guten Einblick. Morgen ist eine Gemeinderatssitzung in *Göke's Gasthof*. Da hockt alles zusammen, was Niederholt an Klüngel zu bieten hat.«

Rieger, Niki und Isabel waren sofort Feuer und Flamme, Rademann winkte entschieden ab. »Ohne mich. Geht ihr nur alleine. Ich bleib mit Eva hier, was, Eva?«

Eva sah wortlos aus dem Fenster. Sie sagte den ganzen Abend nichts mehr. Es war, als ob sie selbst vergessen hätte, dass sie da war. Wenn ihre Lippenbewegungen sehr heftig wurden, übertrugen sie sich bisweilen auf ihr ganzes schönes Gesicht. Ich hätte zu gern mit ihr gesprochen und herausgefunden, was mit ihr los war, aber ihre Haltung war ein einziges Nein.

Um halb eins bat sie mich, ihr zu sagen, »wo man schlafen kann«. Ich trug ihr die Reisetasche nach oben, zeigte ihr das kleine Gästezimmer, das hübsche Bad, den umlaufenden Balkon und die Dachterrasse unter den rauschenden Eichenkronen. Eva verzog keine Miene. Als ich ging, schloss sie die Tür hinter mir, ohne ein einziges Mal gelächelt zu haben.

Unten war man derweil vom Tisch auf die Sitzlandschaft umgezogen. Die Unterhaltung nahm noch an Lebhaftigkeit zu, zudem lockerte der Alkohol die Lachmuskeln. Besonders Niki wurde immer munterer; sie war lieber albern als sarkastisch, ihre warmen, braunen Augen strahlten.

Gegen drei befand Rieger, es sei nun Zeit für einen Schluck *Louis Roederer*. Während wir anstießen, schlug Isabel vor, alle Lichter in meinem Kristallpalais auszuknipsen, damit man den Sternenhimmel sehen könne. Kurz darauf saßen wir im Stockfinstern – kein Stern in Sicht, die Wolkendecke war viel zu dicht. Rademann machte sich auf dem Sofa lang, legte den Kopf in Riegers Schoß und eröffnete uns überraschend, er habe die Herkunft des HIV-Erregers aufgeklärt. Seinen Recherchen nach handele es sich in Wahrheit gar nicht um Viren, sondern um klitzekleine Raumschiffe von einem ebenfalls sehr, sehr kleinen Mond des »Xoga Viridion«, eines Planeten im Andromedanebel, dessen Oberfläche von unzähligen Adern und Venen durchzogen sei. Die Astronauten in diesen Miniraumkreuzern seien so unvorstellbar mikroskopisch winzig, dass sie für die menschliche Wissenschaft auf keine Weise wahrnehmbar seien; man könne sie weder sehen noch hören noch sonst wie nachweisen; sicher sei nur eines: »Die sind alle schwul.«

Ob es Ullerbeks dröges Naturell war oder schlichte Müdigkeit, an der Stelle hakte es bei ihm aus. Er wurde richtig böse. »Das ist Humbug«, überschrie er unser Gelächter, »das ist völlig bescheuert!«

Isabel strich ihm mit der Hand über den Scheitel. »Sag bloß! Dir kann man nichts vormachen, was? Hör mal, mein Süßer, bist du am Ende eines von Astrid Lindgrens sagenhaften Kindern von Ullerbek?«

»Was?« Er knurrte abschätzig. »Ich will dir ja nicht zu nahe treten, aber das sollte echt jeder wissen: Die hießen *Kinder von Bullerbü*!«

Isabel seufzte tief und küsste ihn auf die Wange.

»O tapferer Ulle Blomquist«, ließ sich Rademann wieder aus der Waagerechten vernehmen, »es gibt Dinge zwischen Himmel und Erde, die der menschliche Verstand nicht fassen kann. Wie sollen wir beispielsweise die Existenz von aufblasbaren Turnschuhen begreifen? Oder von zwickelfreien Feinstrumpfhosen? Das sind Phänomene von verstörender Irrationalität, und doch sind sie mitten unter uns! Da ist ingeniöses wissenschaftliches Denken gefragt, nur so ist die Welt noch zu retten! Ein Beispiel: Bei der Herstellung jedes einzelnen Kilos Unterwäsche werden umweltmäßig rund hundert Liter Wasser versaut. Dazu kommt der Wasserverbrauch in unseren Waschmaschinen. Eine Katastrophe. Deshalb will Henkel jetzt das Waschpulver genetisch manipulieren. Die arbeiten an einer Formel für winzig kleine, blütenweiße

Bakterien, die den Schmutz einfach aus dem Feinripp rausfressen und in ein grünes Granulat verwandeln. Dieses Granulat kann dann weiterverwendet werden, da wird was anderes draus gemacht.« Seine Zunge war bereits ein klein bisschen schwer. »Daraus machen sie dann nämlich Autobahn-Sch... Schallschutzwände.«

Ullerbeks Zorngeschrei ging in unserem Gejohle unter.

2. Kapitel

Es war bereits Mittag, als ich mich aus den Kissen wühlte. Mein Schädel brummte. Bei der Erinnerung an Rademanns abstruse Einfälle musste ich immer noch grinsen. Ein Irrer! Ich hatte lange nicht mehr so lachen müssen. Je betrunkener er geworden war, desto aberwitziger hatten sich seine Gedankensprünge und Gedankenspiele entwickelt. Ullerbeks völlige Verständnislosigkeit hatte ihn nur noch weiter angestachelt. Niki indessen war gegen Morgen sehr harmoniebedürftig geworden und hatte mit dem Argument Frieden zu stiften versucht, dass es nicht nett sei, jemanden zu ärgern, der sich aufgrund geistiger Benachteiligung nicht wehren könne.

»Das erscheint vernünftig«, hatte Rademann auf das abendliche Tischgespräch Bezug genommen, »auf den ersten Blick. Aber bei näherer Betrachtung – nein. Gegen Dummheit kämpfen Götter selbst vergebens, sagt Schiller. Demnach sind die größten Blödmänner die ärgsten Widersacher – nicht etwa wehrlos, sondern unbesiegbar gepanzert mit eiserner Engstirnigkeit und Insuffizienz, die mikroskopisch aberwinzige Gehirnzelle unangreifbar versteckt im hintersten Winkel eines zutiefst unergründlichen Vakuums. Die schlimmsten Deppen sind am Ende die unüberwindlichsten Gegner!«

Rademann mochte an seinen Quälgeist Erol gedacht haben, doch es war natürlich Ullerbek, der sich angesprochen gefühlt hatte. Dessen Augen waren zu schmalen, hassfunkelnden Schlitzen geworden.

»Jetzt is' mal gut, Josef Rademann«, hatte Isabel entschieden und Ulles Hand an ihren Busen gepresst. »Jetzt holen wir alle fix unser Gepäck aus dem Auto, und dann gehen wir schön ins Bett.« Sie hatte keinen Zweifel daran gelassen, mit wem sie ins Bett zu gehen gedachte, und tatsächlich war Ullerbek ihr gefolgt wie ein Lamm.

Rademann und Rieger waren das zweite Paar gewesen; beide allerdings schon ziemlich hinüber. Niki hatte ihnen unglücklich nachgesehen.

»Tja, dich muss ich leider bei Eva einquartieren«, hatte ich zu ihr gesagt. »Ich hab nur drei Gästezimmer.«

»*Nur* drei?« Ein warmes Lächeln. »Macht nichts. Ich komm schon klar.«

Nachdem alle untergebracht waren, hatte ich mit Bruno draußen noch eine Runde gedreht, obwohl ich selbst nicht mehr allzu sicher auf den Beinen war. Dunkelheit, feuchte Kühle, der Geruch des angewelkten Sommers in der Luft, Laub, Erde. Keine Spur von glatzköpfigen Eindringlingen.

Bei unserer Rückkehr ins Haus waren alle Fenster dunkel gewesen, nur das Flurlicht unten hatte gebrannt. Beim Eintreten hatte ich plötzlich das Gefühl gehabt, eine Bewegung über mir auf dem Balkon wahrzunehmen. Ein rascher Blick nach oben – nichts. Drinnen war ich ins Bett gefallen und hatte geschlafen wie ein Stein.

Als ich jetzt frisch geduscht und halbwegs munter aus meinem Schlafzimmer kam, konnte ich schon von weitem Annelieses kräftige Stimme hören: »Genau hier war das, hier wo ich steh! Hier war das Musikstudio, und in dem stand der Drehsessel, da hat der Tote draufgesessen, der ganze Kopf eine einzige Matsche.«

Die Terrasse draußen glänzte nass in der Sonne, es hatte geregnet. Jetzt war der Himmel nur noch leicht bewölkt, der Esstisch stand im Licht. Niki, Isabel und Ullerbek saßen beim Frühstück. Ihren schaudernden Mienen nach zeigte Annelieses Auftritt Wirkung, obwohl sie den zermatschten Kopf diesmal nur mit einer Hand vorspielen konnte, weil sie in der anderen die Kaffeekanne hielt.

Ich setzte mich schwungvoll. »Jawoll, alles eine einzige Matsche! Haargenau so war's. Guten Appetit allerseits!«

Anneliese goss mir Kaffee ein, brachte mir frisch gepressten Orangensaft und versorgte mich mit knusprigem Toast. Ullerbek hatte auffällig gerötete Wangen. Er hielt den Blick auf den Tisch gesenkt und tat, als ob ihm sein Frühstücksei volle Konzentration abfordere. Der Himmel mochte wissen, was Isabel alles mit ihm angestellt hatte. Drüben bei den Sofas lief stumm der Fernseher. Buckingham Palace, Dianas Sarg, der Trauerzug, die Königsfamilie, die Spencers, Westminster Abbey, Tom Cruise, Nicole Kidman, Tom Hanks, Hillary Clinton, Luciano Pavarotti, Elton John, vor allem aber ein Ozean von Blumen und unvorstellbare Menschenmassen auf den Straßen; Bilder, die man bestimmt noch lange sehen würde.

Während ich mir einen Toast mit Butter bestrich, sah ich Niki forschend an. »Wie war die Nacht?«

Sie verzog das Gesicht: »Eva hat mich wach gehalten, hat kaum geschlafen, ist fortwährend aufgestanden und rumgelaufen, ins Bad, raus auf den Balkon, wieder rein, wieder ins Bett, wieder raus – ziemlich nervig.«

Oben hörte man eine Tür leise klappen. Wir sahen uns an.

»Eva«, flüsterte Niki. Sie hob die Hände. »Die Frau ist echt eigenartig. Zu der krieg ich einfach keinen Draht!«

Isabel stieß ein kurzes Lachen aus. »Da sagst du was! Möchte wissen, warum sie hergekommen ist. Sie mag keinen, sie lacht nicht, sie spricht nicht, zuckt nur mit den dicken Lippen. Wieso ist die nicht zu Hause geblieben?«

Dass Eva eigenartig war, stand außer Frage, aber Isabels Stutenbissigkeit ging mir gegen den Strich. »Ihre Lippen sind fantastisch«, sagte ich, »da gibt's nix. Wunderschön voll und geschwungen. Ein Traum.«

»Wenn sie gerade mal nicht zucken«, beharrte Isabel und zuckte heftig mit den ihren.

Anneliese erkundigte sich, ob noch irgendwas fehle.

»Wo ist Bruno?«, fragte ich, »In der Küche?«

Sie deutete mit dem Daumen nach oben. »Bruno geht fremd, Paul! Der ist oben bei der Dame in'n Zimmer. Die hat längst alleine gefrühstückt, und denn ist sie gleich wieder rauf, und er ist mit.«

Dass Bruno mein Frühstück verpasste, war selten. Morgens wartete er stets ungeduldig darauf, dass ich aufstand, und spätestens nach meiner zweiten Tasse Kaffee drängte er auf einen Spaziergang. Allerdings war es jetzt schon halb zwei, und am Morgen hatte ihn Anneliese hinausgelassen, damit ich ausschlafen konnte. Da er wieder zurück war, hätte er mich aber immerhin begrüßen können. Irgendetwas musste Eva an sich haben, das ihn mächtig anzog.

Auf der Treppe erschien ein gähnender Thomas Rieger. Er wirkte ebenso gepflegt wie gestern, nur seine Augen waren trüb und hatten dunkle Ringe. »Guten Morgen, Freunde. Wie ich sehe, seid ihr bereits beim Essen, da werd ich mich euch zugesellen. Seine Gnaden Rademann sind nämlich nicht wach zu kriegen.«

Anneliese schenkte ihm Kaffee ein und erhielt dafür einen Blick, der sie erröten ließ. Orangensaft lehnte er ab: »Viel zu sauer so früh am Tag, vielen Dank!« Er rührte löffelweise Zucker in seine Tasse. Nach dem ersten Schluck seufzte er dankbar. »Das hab ich gebraucht!« Er betrachtete den üppig gedeckten Tisch. »Bauernbrot, Vollkornbrot, Brötchen, Toast, Butter, Marmelade, Honig, Wurst, Schinken, Eier, Joghurt, Obst – großartig, Paul! Ich fürchte jedoch ...«, er legte eine

Hand auf seinen Magen, »ich fürchte, das ist im Augenblick alles gar nicht gut für mich.« Er entschied sich für ein trockenes Knäckebrot, brach ein Stück davon ab und begann langsam zu kauen. »Sag mal, Paul, wann ist diese Gemeinderatssitzung, von der du gestern gesprochen hast?«

»In gut zwei Stunden«, sagte ich, »um vier. Wollt ihr da wirklich hin?«

»Aber ja! So was muss man mal gesehen haben!«

Niki sagte: »Unbedingt.«

Isabel stieß Ullerbek an und stimmte gleichfalls zu.

Der Rest des Frühstücks zog sich in leicht traniger Stimmung hin. Alle waren geschafft. Dann gingen Niki, Isabel und Rieger noch einmal nach oben. Ich folgte ihnen, um Eva zu fragen, ob sie mit ins Dorf wolle.

Sie saß mitten im Zimmer auf dem Boden und streichelte Bruno. Der lag auf dem Rücken, hatte alle viere von sich gestreckt, ließ die Zunge seitlich aus dem Maul hängen und genoss die Behandlung. Ein angedeutetes Schwanzwedeln galt mir, aber das war auch schon alles.

»Bruno, du treuloses Mistvieh«, sagte ich mit gespielter Empörung. Eva sah erschrocken auf. »War nur ein Witz«, erklärte ich rasch. Lieber Himmel, war das Mädchen empfindlich. »Wir gehen gleich ins Dorf, um uns die Gemeinderatssitzung anzusehen. Hast du Lust ...« Ich brauchte gar nicht weiterzusprechen, denn ihr Gesicht war schon wieder versteinert. »Hey, du musst nicht mit! Josef Rademann bleibt auch hier. Wenn ihr irgendwas braucht – tut euch keinen Zwang an. Okay?«

Sie schien erst aufzuatmen, als ich wieder in der Tür stand. Der alberne Bruno tatzte mit der Pfote nach ihr: Eva sollte ihn weiterhätscheln. Ihr Gesicht entspannte sich.

Die kleinen Wolken rasten als grauweiße Fetzen über den Himmel und wechselten sich mit leuchtend blauen Flächen ab. Da noch Zeit genug war, beschlossen wir, zu Fuß zu gehen. Zur Vorsicht bewaffneten wir uns mit allen Schirmen, die ich im Haus hatte. Niki marschierte mit mir an der Spitze und schwenkte den ihren; der Wind fegte durch ihr Haar, sie hatte rote Wangen, ihre Augen glänzten. Isabel und Rieger hatten Anneliese in die Mitte genommen, Ullerbek zockelte erschöpft hinterdrein.

»Also, um was geht es eigentlich bei so einer Gemeinderatssitzung«, wollte Rieger wissen, »was wird da beraten – das nächste Schützenfest oder was?«

»Was? Nee!« Anneliese war verblüfft. »Das Schützenfest macht der Schützenverein! In'n Rat wird höchstens beschlossen, was der Schützenverein für'n Zuschuss ausse Gemeindekasse kriegt. Wenn der Haushalt beraten wird, wissen Sie. Aber der ist noch lange nicht dran.«

»Und was ist dran?«

»Genau weiß ich auch nicht, was alles aufe Tagesordnung ist. Ein Wirtschaftsweg, glaub ich, Grabenreinigung, aber vor allem geht's um den Bebauungsplan ›Grotholter Straße‹. Das gibt bannig Ärger mit Herbert Nawrot vonne SPD. Die CDU will nämlich die ganze Grotholter Straße zubauen mit fünfzig neue Häuser, und Herbert will das verhindern.«

»Die SPD hat die Mehrheit?«

»Hu!« Anneliese lachte laut auf. »Nee, das nu nicht. Die Mehrheit, die haben normal die CDU und die UWU, die Unabhängige Wählerunion. Bloß nicht, wenn das um die Grotholter Straße geht, weil da sind zu viele von denen befangen.«

»Was heißt das?«

»Wenn einer zum Beispiel inne Grotholter Straße wohnt, oder wenn er da Grundstücke hat, denn ist er doch ... ja

... befangen eben! Denn darf er darüber in'n Rat nicht mitreden, und abstimmen darf er schon gar nicht. Wer befangen ist, muss von'n Ratstisch aufstehen und sich wegsetzen.«

»Jetzt versteh ich! Die Sozis sind eigentlich in der Minderheit, aber bei diesem Thema haben sie ausnahmsweise die Mehrheit. Richtig?« Rieger hakte Anneliese unter. »Sie kennen sich ja gut aus.«

»Mein Mann ist bis letztes Jahr Bürgermeister gewesen. Da kriegt man das mit.«

Heinrich Göke war kürzlich aus dem Gemeinderat ausgeschieden und hatte sich nicht mehr zur Wiederwahl gestellt. Allerdings erklärte er jedem, der es hören wollte: »Ik bliev trotzdem ne schwatte Sau!« Es war klar gewesen, dass er die Fäden in der Hand behalten würde. Die neue Bürgermeisterin war nur ein Aushängeschild, während in *Göke's Gasthof* nach wie vor die Strippen gezogen wurden. Dem Wirt gehörten beträchtliche Ländereien, darunter der Niederholter Fußballplatz und alle anderen Sportflächen samt dem Vereinsheim des TSV Niederholt (sinnigerweise waren auf dem ganzen Gelände laut Pachtvertrag ausschließlich Getränke aus *Göke's Gasthof* erlaubt). Anneliese war zum Glück aus anderem Holz geschnitzt als ihr Mann, was vermutlich der Grund dafür war, dass die beiden seit Jahren kaum ein Wort miteinander sprachen.

Rieger drückte erwartungsvoll Annelieses Arm. »Dann werden wir also gleich erleben, wie dieser Bebauungsplan mit großem Krawall abgelehnt wird.«

»Abgelehnt? Nee, der wird beschlossen!«

»Wie kann das gehen? Ich denk, die Sozis sind dagegen?«

»Nur Herbert Nawrot! Vonne SPD sind ja auch welche befangen, und die beiden übrigen, auf die's nun ankommt, die waren erst dagegen, aber mit'm Mal waren sie denn doch dafür.«

»Bisschen verdächtig, oder?«

»Da sagen Sie was. Aber das ist noch gar nix – Peter Matthiesen vonne CDU, der dürfte eigentlich am wenigsten mitreden, weil wegen dem wird der ganze Plan überhaupt nur gemacht! Der hat letztes Jahr anne Grotholter Straße einen halben Hektar Acker gekauft, und da soll nu mit Gewalt Bauland draus werden.«

Rieger rieb sich die Stirn. »Und wieso ist der nicht befangen?«

»Der gibt das einfach nicht zu!«

Isabel mischte sich ein: »Das kann aber nicht sein. Wenn ein Grundstück den Besitzer wechselt, gibt's doch Verträge darüber.«

»Klar gibt's die.«

»Na bitte, dann lässt sich die Befangenheit doch begründen.«

Anneliese schüttelte entschieden den Kopf. »Nee. Die Grundstückspapiere, die sind alle mit die annern Planunterlagen in Verwahrung bei'n Gemeindedirektor, und der lässt da niemand ran.«

»Lieber Himmel«, seufzte Rieger, »der Gemeindedirektor, wer ist denn das jetzt wieder?«

»Das ist so«, sagte Anneliese, »wir haben 'ne Bürgermeisterin und ein'n Gemeindedirektor. Die Bürgermeisterin ist mehr so für zu'n Vorzeigen, und der Gemeindedirektor macht die Verwaltung, also alles, was er von'n Rat gesagt kriegt.«

»Na bitte«, sagte Isabel, »dann braucht ihm der Rat doch nur zu sagen, er soll die Papiere gefälligst vorlegen.«

Anneliese lachte. Sie hielt die Bemerkung für einen Witz. Dann merkte sie, dass sie ernst gemeint war. »Nee! Nawrot, der hat schon zigmal Anträge auf Akteneinsicht gestellt, aber die Mehrheit hat das einfach jedes Mal abgelehnt, verstehen Sie? Herbert kriegt nix zu sehen, was er nicht sehen soll!«

Isabel blieb stehen. »Schöne Zustände!«

Der Wind trieb einen Regenschauer auf uns zu. Wir beeilten uns, die Schirme aufzuspannen. Niki hängte sich bei mir ein. Links des Weges lag der Friedhof, rechts floss der Peerbeek. Gemeinsam betrachteten wir die Pferde, die jenseits des Grabens im Regen auf der Weide standen.

»Ich fasse mal zusammen«, sagte Rieger, »die eine Hälfte der Ratsherrschaften ist befangen, zwei sind mysteriöserweise plötzlich umgekippt, einer dreht ganz unverschämt ein krummes Ding – und der Rest deckt das mit seinen Stimmen. Richtig?«

Anneliese nickte anerkennend. »Genau richtig!«

Vor dem Gasthof standen Autos und Fahrräder, die Sättel der Drahtesel meist mit Plastiktüten gegen die Nässe geschützt. Wir beeilten uns, ins Trockene zu kommen. Der Flur drinnen war wie der Eingang aller Dorfkneipen: ein Zigarettenautomat, Türen zum Schankraum, zum Saal, zu den Toiletten und ein leichter Geruch nach letzteren. In den vergangenen Jahrzehnten hatten zahlreiche Dorfkrüge schließen müssen, aber *Göke's Gasthof* war anscheinend nicht gefährdet. Entweder neigten die Niederholter mehr zur Geselligkeit und weniger zum Fernsehen als andere Nordlichter, oder Göke hatte seine Pappenheimer besser im Griff.

Wir ließen unsere Schirme im Windfang und nahmen die Tür zum Saal. Dessen Charme konnte es nicht sein, was die Menschen anzog. Während andere Dorfkrüge mit alten, hohen Balkendecken und Galerien authentische Tanzdielenatmosphäre boten, wirkte hier alles künstlich und kalt. Der Raum war ein flacher, neonbeleuchteter Anbau mit spärlichem Rustikaldekor. Immerhin war er gut gefüllt. Für die Ratsmitglieder war eine Reihe von Tischen an der Stirnseite zu einem U mit kurzen Schenkeln zusammengeschoben worden, die Tische für das Publikum standen im Raum verteilt. Neben dem Eingang, dem geöffneten U gegenüber, befand sich ein Tresen. Während wir unsere Mäntel und Jacken an die Garderobenhaken hängten, zogen wir neugierige Blicke auf uns. Wir nahmen den letzten freien Tisch rechts der Mitte. Nun wurden wir von allen Seiten beäugt, während wir unsererseits den Saal in Augenschein nahmen. Anneliese klärte die *Tiefbaupraktiker* halblaut über die Sitzordnung des Rates auf.

»Links, da ist die UWU, inne Mitte die CDU. Die CDU sitzt immer inne Mitte, weil das sind die besten Plätze. Die Ratsleute dürfen nämlich normal nicht zu'n Publikum sprechen, sondern immer nur nach den annern Ratsleuten hin – aber vonne Mitte aus kannst du gar nicht anners wie zu'n Publikum sprechen, das gibt immer Beifall. Die Rothaarige da aufe Ecke ist die Bürgermeisterin, und rechts daneben, das ist Gemeindedirektor Kürschner. Dann kommt die Gemeindesekretärin, und rechts von der, da sitzt die SPD. Mensch, der ganze Rat ist da, bloß Herbert Nawrot nicht!«

Hinter dem Tresen tauchte Heinrich Göke auf, massig, rotgesichtig, mit unbewegter Miene. Er ging mit einem kleinen Schreibblock von Tisch zu Tisch und notierte die Bestellungen. Als er bei uns anlangte, wünschte er laut guten Tag und begrüßte mich mit Namen, sah aber mit den wässrigblauen Äuglein haarscharf an mir vorbei wie immer. Seine Frau ignorierte er völlig, und das war klug von ihm, denn Anneliese hatte erkennbar die Stacheln aufgestellt. Abends arbeitete sie im Gasthof, doch der Tag gehörte ihr. Während Göke sich wieder hinter den Tresen begab, wurden noch ein

Tisch und weitere Stühle in den Saal geschafft – vermutlich für die Ratsherren, die wegen ihrer Befangenheit den Platz würden wechseln müssen.

Dann erhob sich die Bürgermeisterin, und es wurde ruhig. »Hiermit eröffne ich die heutige Sitzung des Gemeinderates und begrüße die Anwesenden.« Sie las jedes Wort von einem großen Zettel ab und betonte alles artig, als sage sie ein Gedicht auf. »Ich stelle fest, dass zu der Sitzung ordnungsgemäß geladen wurde, und stelle fest ...«, sie sah fragend den Gemeindedirektor an, welcher nickte, »dass der Rat beschlussfähig ist.« Sie holte Atem. Sie war etwas füllig, ihr Haar wirkte leicht gescheckt. Sie trug einen braun-beigefarbenen Rock und ein ebensolches Jäckchen, darunter etwas Rosagerüschtes. Wieder sah sie den Gemeindedirektor unsicher an, der erneut nickte. Nun verlas sie die Tagesordnung. Beim Punkt »Aufstellung des Bebauungsplans Grotholter Straße« ging ein Raunen durchs Publikum. Dann wurde die Sitzung für die »Einwohnerfragestunde« unterbrochen, und Göke servierte die bestellten Getränke; Kaffee, Tee, das eine oder andere Bier.

Ein klapperdürrer Alter stand auf und beanstandete, von »gewissen Mitbürgern« werde die »Straßenreinigungspflicht nicht ordnungsgemäß wahrgenommen«.

Die Bürgermeisterin starrte den Gemeindedirektor an wie ein Karnickel die Schlange. Dieser, ein wendiger Typ mit Brille und Schnurrbärtchen, versprach dem Alten eine Ortsbesichtigung, dann nickte er der Bürgermeisterin zu, und sie durfte die Sitzung wieder aufnehmen. Die meisten Themen waren schnell abgehandelt, es gab kaum Wortmeldungen, nur kurze Statements der Fraktionssprecher und zügige Beschlüsse. Dann wurde es spannend, denn nun kam die Grotholter Straße aufs Tapet. Die Befangenen standen auf und wechselten an den freien Tisch vor dem Tresen. Die Bürgermeisterin war gerade dabei, den Beschlussantrag der CDU vorzulesen, als sich die Tür öffnete. Für einen Moment herrschte Stille, dann Gelächter. Der Neuankömmling war ein gebückter Mann mit tiefen Falten im Gesicht – und er trug einen weißen Turban.

»Herbert!«, sagte Anneliese. »Mensch, was hat er da bloß auf'n Kopp?!«

Es war ein Verband, wie sich bei näherem Hinsehen herausstellte. Nawrot ging leicht hinkend zur Bürgermeisterin, entschuldigte seine Verspätung und ließ seine Anwesenheit zu Protokoll nehmen. Dann setzte er sich ganz in unserer Nähe ans äußerste SPD-Ende des Ratstisches. Aus einer Jutetasche holte er einen Aktenordner und eine Anzahl von Heftern und breitete sie vor sich aus, dabei musterte er unseren Tisch mit einem langen Blick. Seine linke Schläfe war aufgeschürft und geschwollen, aus dem Kopfverband sah hinten ein Büschel verklebter Haare hervor. Er hob die Hand. Wieder wandte sich die Bürgermeisterin Hilfe suchend an den Gemeindedirektor. Der zuckte die Achseln und nickte seufzend. Sie erteilte Nawrot das Wort. Als er aufstand, kam aus dem Pulk der CDU-Anhänger im Publikum abfälliges Gemurmel.

»Ich habe eine Frage zu stellen und eine Erklärung abzugeben«, sagte Nawrot. »Zunächst die Frage. Ich richte sie zum wiederholten Male an Herrn Matthiesen. Herr Matthiesen, Sie haben erklärt, Sie hätten in der Grotholter Straße niemals Land besessen und auch in letzter Zeit keines erworben. Bleiben Sie bei dieser Behauptung?«

Matthiesen hatte mit unbewegter Miene zugehört und in seine Teetasse geschaut. Darin befand sich, wenn man den kursierenden Gerüchten glauben durfte, stets Hochprozentiges. Er trug ein schwarzes Hemd, sein spärliches, graues Haar war sorgfältig auf dem Schädel verteilt. Schläfrige Augen hinter dicken Brillengläsern, ein blasses, etwas weichliches Gesicht. Er hob den Blick und näselte: »Herr ... Nawrot, ich habe Ihnen das bereits zweimal beantwortet und frage mich langsam, wo Sie Ihre Unverschämtheit hernehmen. Nochmals: Ich bin bezüglich der Grotholter Straße in keiner Weise befangen. War das klar genug?« Die Süffisanz schlug in aggressive Schärfe um: »Und damit auch das mal klar ist, Herr Nawrot: Sie haben hier kein Verhör zu führen. Sie sind hier nicht bei der Stasi. Ich verbitte mir ein für allemal Ihr impertinentes Geschnüffel!« Lauter Beifall aus dem schwarzen Pulk.

Isabel stieß mich an und sagte flüsternd: »Der Typ ist doch kein Landwirt, oder?«

Ich schüttelte den Kopf. »Matthiesen ist im Fleischgroßhandel, Fleischverwertung, irgend so was.«

Nawrot schluckte. »Ich bitte meine Frage und Herrn Matthiesens Auskunft zu Protokoll zu nehmen.« Er sah zur Gemeindesekretärin hinüber. »Und zwar ausnahmsweise wörtlich und unverfälscht.«

Raunen im Saal. »Frechheit«, sagte einer, die Gemeindesekretärin rümpfte die Nase.

»Dasselbe gilt für meine folgende Erklärung«, fuhr Nawrot fort. »Zur Sicherheit und für den Fall, dass man mich wieder mal nicht ausreden lässt, hab ich sie hier schriftlich.« Er nahm ein Blatt aus seinen Unterlagen und ließ es an die Sekretärin durchreichen. Dann stützte er sich schwer auf den Tisch. »Dieser Bebauungsplan, meine Herrschaften, ist ein rücksichtsloses Vergehen wider die Natur! Wider jede ökologische Vernunft wollen Sie ein Stück gewachsener Kulturlandschaft zerstören – dabei wissen Sie alle ebenso gut wie ich, dass in der Siedlung, die Sie planen, nur neue Pendler wohnen werden, die dann jeden Tag mit dem Auto nach Hamburg zur Arbeit fahren! Eine Schlafstadt wollen Sie aus unserem kleinen Niederholt machen, einen weiteren gesichtslosen Vorort von Hamburg!«

Vom Tresen her hörte man röchelnde Zapfhahngeräusche, Gläserklirren und trampelnde Schritte. Göke tat sein Möglichstes, um Nawrot aus dem Konzept zu bringen, doch der hob die Stimme: »Die Autobahn wird immer voller, aber die Umweltbelastung interessiert Sie gar nicht, die leugnen Sie!«

Der Gemeindedirektor mischte sich ein: »Entschuldigen Sie, Herr Nawrot – aber wenn die Autobahn erst mal richtig rappelvoll ist, und nichts geht mehr, dann *müssen* die Leute doch mit dem Zug fahren – das ist doch umweltfreundlich.«

Gelächter im Publikum. Matthiesen räusperte sich. »Herr Nawrot, Sie haben soeben gewählte Gemeindevertreter der Lüge bezichtigt. Sie glauben anscheinend, Sie stünden über dem Gesetz. Aber da täuschen Sie sich. Ich wäre an Ihrer Stelle lieber vorsichtig.«

Nawrot richtete sich kerzengerade auf. »Ja, drohen Sie mir nur. Man hat mir schon öfter gedroht. Man hat versucht, mich mundtot zu machen, man hat öffentlich die Unwahrheit über mich verbreitet. Ich hab mich von Ihren Lügen und Verleumdungen nicht einschüchtern lassen. Gestern Abend bin ich im Dunkeln heimtückisch überfallen und zusammengeschlagen worden – aber auch damit werden Sie mich nicht einschüchtern! Ihre Machenschaften stinken zum Himmel. Beschließen Sie meinetwegen, was Sie wollen. Ich geh zur Kommunalaufsicht, und ich hab reichlich belastende Fakten!«

Höhnische Reaktionen im Publikum. Nawrot raffte seine Papiere zusammen und verstaute sie wieder in der Jutetasche.

Einer der SPD-Genossen sprang auf, schloss mühsam einen Knopf seines blauen Blazers über dem Kugelbauch und nahm Haltung an. Sein kurz geschnittener Graubart zitterte aufgebracht. »Entschuldigen Sie, Frau Bürgermeisterin, aber ich muss das Wort ergreifen! Ich distanziere mich hiermit im Namen meiner Fraktion ausdrücklich von Herrn Nawrots Behauptungen und Unterstellungen«, schnarrte er und wandte sich Nawrot zu: »Ich weiß nicht, was in dich gefahren ist, Herbert. Dein Benehmen ist eine Zumutung; überhaupt, dieser Aufzug, dieser Ton, eine Schande! Ich bitte nochmals für meine Partei um Entschuldigung, Frau Bürgermeisterin!« Er setzte sich zackig.

Aus der Reihe der CDU meldete sich ungeduldig ein junger Mann mit Fistelstimme zu Wort. »Ich denke, das reicht jetzt.« Er erhob sich halb. »Das interne Gezänk der Sozialdemokraten gehört wohl kaum auf diese Sitzung hier. Ich beantrage Beschlussfassung.«

Beifall. Nawrot hatte seine Jutetasche gepackt und hinkte wortlos zur Tür hinaus. Jemand stand auf und knallte sie hinter ihm zu.

* * *

Daheim im Glashaus fanden wir zu unserer Verblüffung Rademann und Eva einträchtig auf dem Sofa vor. Sie hatten sich aus meinem Videoregal ausgerechnet David Finchers *Seven* rausgesucht und waren in andächtige Betrachtung versunken. Brad Pitt und Morgan Freeman verließen gerade mit Kevin Spacey die Stadt, um sich in der Einsamkeit draußen das Paket mit Gwyneth Paltrows abgehacktem Kopf liefern zu lassen. Kein Film nach meinem Geschmack. Isabel, Niki und Rieger setzten sich, um sich das Ende mit anzusehen, ich ging lieber Anneliese in der Küche helfen. Diesmal gab es ein einfaches Abendessen. Aufschnitt, diverse Brotsorten, frischen Kartoffelsalat, Würstchen. Wir richteten ein kleines Büffet auf dem Küchentresen an, sodass sich jeder etwas nehmen konnte, wenn ihm danach war. Mir ging derweil ernsthaft die Frage durch den Kopf, ob ich wirklich gut daran getan hatte, nach Niederholt zu ziehen. Dass das Dorf kein reines Idyll war, war mir zwar klar gewesen; hinter den weißen Zäunen und Backsteinfassaden wohnten ganz normale Leute – und ganz normale Leute suchen nun mal ihren Vorteil, sind nicht immer aufrichtig, streiten und machen einander hin und wieder das Leben schwer. Habgier und Niedertracht gibt es überall. Was ich aber gerade in *Göke's Gasthof* erlebt hatte, war weit über das übliche Maß hinausgegangen. Ich hatte noch nie so viel geballte, einvernehmliche Bösartigkeit in einem Raum gespürt.

In der Sitzecke wurde Kevin Spacey umgebracht. »Ganz schön ekelig, ne?« Den Film konnte Anneliese nicht meinen, denn sie hatte ihn keines Blickes gewürdigt. Sie ahnte, was mich beschäftigte. »Weißt du, Paul, manchmal kommt's mir selber hoch, wenn ich seh, was sie in'n Rat machen. Das sind ja keine harmlosen Geschäftchen – das geht ja um Hunderttausende! Und da wollen die natürlich nicht gestört werden bei. Aber so ist das eben auf'n Dorf, da musst du mit leben, da musst du mit umgehen können. Herbert Nawrot, der konnte das früher auch, da war der noch anders, weißt du. Der hatte da auch schon sein'n eigenen Kopf, aber er war nicht so verbissen. So ist der erst, seit das mit Malte war.«

»Malte?«

»Ach, das kannst du nicht wissen. Malte – Herbert sein Sohn. Der war bei son Verein für Umwelt und Naturschutz, und vor fünf oder sechs Jahre in'n Frühjahr war er frühmorgens vore Arbeit mit ein paar Freunde unterwegs, die haben Krötenzäune aufgestellt, und dabei ist er angefahren worden und ist noch denselben Tag in'n Krankenhaus in Wittholt gestorben. Seitdem ist Herbert nicht mehr der alte. Der war vorher son ganz lustiger Typ, aber denn nicht mehr. Und diese Umweltideen von Malte, die hat er sich alle angenommen, so gegen neue Autobahnen und gegen Landschaftszersiedlung und gegen immer mehr Verkehr und all so was. Das will er wohl irgendwie weitermachen für sein'n Sohn. Und er hat ja eigentlich recht!«

Ich musste an die tiefen Falten in Nawrots Gesicht denken. Was Anneliese erzählte, machte mir die Meute in *Göke's Gasthof* nicht sympathischer. »Sag mal, was meinst du – haben die ihn echt überfallen? Um ihn einzuschüchtern?«

Sie wurde nachdenklich. »Man hat ja gesehen, wie er aussah. Bloß dass die so was nötig haben – das wär das erste Mal. Normal können die ihn einfach links liegen lassen und machen, was sie wollen.«

»Er hat mit dieser Aufsichtsbehörde gedroht.«

Anneliese machte eine wegwerfende Handbewegung. »Die Kommunalaufsicht? Die interessiert das doch gar nicht.« Sie hängte ihre Schürze weg. »So, Paul, ich muss nu wieder los. Ist ja alles fertig hier.«

* * *

An diesem Abend war die Atmosphäre verhalten, fast gezwungen. Die hässlichen Eindrücke der Ratssitzung lagen vermutlich noch in der Luft. Auch Rademann war schweigsam, in der Runde entstanden immer wieder zähe Gesprächspausen.

Schließlich zerstreuten sich die *Tiefbaupraktiker* im Haus. Rieger war auf meine WC-Fields-Videos gestoßen. »Wer Kinder und Hunde hasst, kann nicht ganz schlecht sein«, hatte er zitiert und als Erstes *It's a Gift* eingelegt. Isabel und Rademann leisteten ihm eine Zeit lang Gesellschaft. Ich unterhielt mich mit Niki, die mein Arbeitszimmer sehen und alles über mein wildes Musikerleben wissen wollte. Da ich zu den eher stillen Schreibern gehörte, konnte ich ihr nicht viel Wildes berichten. Ich spielte ihr ein paar unveröffentlichte Songs vor, sie erzählte mir von abgelehnten Drehbuchideen, und gemeinsam schimpften wir so lange auf die fortschreitende Publikumsverblödung, bis wir uns selbst nicht mehr ganz ernst nehmen konnten.

Eva stand zuweilen stumm daneben. Mit unserem Gealber konnte sie nichts anfangen, doch als ich meinen neuen Rechner vorführte, wurde sie auf einmal ungewöhnlich mitteilsam. Der Twentieth Anniversary Mac war mein ganzer Stolz. Das Modell war zu Apples zwanzigstem Geburtstag erschienen: Flachbildschirm, Fernseh- und Radioempfang, integrierte Bose-Lautsprecher und ein separater Subwoofer. Genial.

Eva zeigte sich allerdings nicht beeindruckt, stattdessen beklagte sie sich erbittert darüber, dass Computer grundsätzlich so schwer zu bedienen seien. »Man muss alles selber rausfinden«, erklärte sie aufgebracht, »alles ist so unübersichtlich, und es gibt keine punktgenaue Beschreibung!«

Niki wunderte sich: »Aber es steht doch alles im Handbuch! Und fast alles ist selbsterklärend, übersichtliche Menüs und Symbole überall!«

»Und wo steht, was die Bildchen bedeuten? Das steht nirgendwo, man muss alles selber rausfinden!« Eva sprach sehr laut. »Und alles ist total verschachtelt – Menüs mit Untermenüs und wieder Untermenüs, Ordner mit Ordnern drin, wo immer noch mehr Ordner drin sind, das kann man sich nicht merken! Und am blödesten sind die kindischen Symbole. Warum steht nicht einfach überall punktgenau drauf, was es ist? In Klartext! Auf Deutsch! Nicht auf Englisch. Das wär viel klarer. Und keine Abkürzungen, die sind viel zu unübersichtlich! Und die Bedienung muss analog sein, voll analog!«

Niki und ich wechselten einen irritierten Blick.

Sofort wurde Evas Gesicht wieder verschlossen. Sie sah noch kurze Zeit schweigend zu, wie wir im Internet herumklickten, dann ging sie und hockte sich wieder zu Bruno.

Ullerbek war ebenfalls unruhig und wusste nichts Rechtes mit sich anzufangen; soweit ich mitbekam, versuchte er eine Weile, über den Hund mit Eva in Kontakt zu kommen, biss aber auf Granit. Schließlich vertrieb er sich im Gästezimmer die Zeit vor dem Fernseher.

Als Rieger mit *The Bank Dick* durch war, legte er *Never Give a Sucker an Even Break* ein, und ich setzte mich dazu. Niki wollte ins Bett, dafür kam Isabel mit einem Teller Kartoffelsalat und einer neuen Flasche Wein aus der Küche. Kurz nachdem WC Fields aus dem Flugzeug gefallen war, schlief ich ein.

Als ich aufwachte, war ich allein. Fast alle Lichter waren gelöscht, der Fernseher war aus. Dem Display des Videorecorders zufolge war es kurz nach zwölf. Anscheinend waren alle schon schlafen gegangen. Ich sammelte meine Gliedmaßen ein, um ebenfalls ins Schlafzimmer hinüberzuwechseln. Während ich die letzte Lampe in der Halle ausknipste, hatte ich wieder den Eindruck einer Bewegung im oberen Stock, so wie gestern Nacht draußen am Eingang. Ich blieb im Dunkeln stehen und lauschte – nichts. Alles Einbildung. Ich ging ins Bett.

3. Kapitel

Der Sonntag sollte mir drei Überraschungen bringen, obwohl er völlig unspektakulär begann. Der Morgen war im Gegensatz zum verkaterten letzten sogar sehr angenehm. Ich war ausgeruht, mein Kopf war klar, mein großes Schlafzimmer war trotz des wolkenverhangenen Wetters hell und freundlich. Ich erwog, mich noch mal auf die Seite zu rollen, aber dann überlegte ich es mir anders. Beim Gedanken an den vergangenen Abend beschloss ich, erst einmal einen Spaziergang zu machen und mich vom Wind durchpusten zu lassen, bevor sich meine Gäste zum Frühstück bequemten. Danach, hoffte ich, würde ich sie heimschicken können. Die alte Volksweisheit stimmt schon, Besuch ist wie Fisch, spätestens am dritten Tag fängt er an zu stinken.

Die Aussicht auf einen ungestörten Nachmittag beflügelte mich. Während der flüchtigen Rasur nickte ich dem Mann mit dem rundem Gesicht, der gestern Morgen noch so gestöhnt hatte, gut gelaunt im Spiegel zu. Gestern hatte ich noch über meine langen, schwarzen Kraushaare geflucht, die ich im Nacken mit einem Gummi zusammenzwängen musste, das letzte Relikt rock'n'rolliger Verwegenheit in meinem neuen Leben. Heute war ich wieder froh darüber. Ich war immer noch der alte, richtig?!

Als ich beschwingt in die Halle einbog, wartete dort die erste Überraschung. Es war Eva, gestiefelt und gespornt, die Reisetasche neben sich. Hinter ihr erschien Anneliese aus der Küche und hob ratlos die Schultern. Eva hatte nie viel Farbe im Gesicht gehabt, aber heute Morgen war ihre Blässe gespenstisch. Selbst ihre Sommersprossen waren weißgrau.

Ihr Haar war wirrer denn je, ihre Kleidung ein einziges Kuddelmuddel.

»Guten Morgen, Eva«, sagte ich.

Sie antwortete nicht, sondern fragte ohne Einleitung: »Kann man ein Taxi bekommen?«

»Ein Taxi? Klar. Ich kann dir sofort eins rufen! Wird nur ein bisschen dauern, bis es da ist – je nachdem, woher es kommt. Du hättest aber nicht auf mich zu warten brauchen, hättest auch Anneliese bitten können! Ist irgendwas passiert? Schlechte Nachrichten?«

Sie starrte auf meine Schuhe. »Man muss jetzt nach Hause.«

Anneliese verschwand kopfschüttelnd in die Küche, und wir hörten sie telefonieren. Als sie wiederkam, sagte sie: »Zwanzig Minuten.«

»Danke, Anneliese«, sagte ich, und zu Eva: »Was ist los? Geht's dir nicht gut? Du siehst krank aus.«

Sie sagte gar nichts, sondern bückte sich und beschäftigte sich mit dem Verschluss ihrer Reisetasche, der nicht ganz zuging.

Ich fing an, mich zu ärgern. Ich hatte das Mädel eingeladen und nach allen Regeln der Gastfreundschaft bewirtet. Musste ich mich so behandeln lassen? Was war los mit der merkwürdigen Schönheit? Ich machte einen letzten, freilich kühlen Verständigungsversuch: »Entschuldige, Eva, es ist nicht zu übersehen, dass dir nicht gut ist. Das kann einen Grund haben, der mich nichts angeht, und in dem Fall will ich ihn selbstverständlich nicht wissen. Ich kann dir nur meine Hilfe anbieten, was ich hiermit tue. Im Übrigen glaube ich nicht, dass ich dir einen Anlass zur Unfreundlichkeit gegeben habe. Seit du angekommen bist, habe ich versucht, es dir in meinem Haus so angenehm wie möglich zu machen. Wenn das nicht genug war, tut's mir leid.«

Was nun kam, war noch seltsamer als alles bisherige. Eva richtete sich auf und lächelte. Erst dachte ich, es sei ein ironisches Lächeln, aber das war es nicht. Ihre Lippen waren wunderschön, ihre Zähne regelmäßig, die Mundwinkel zeigten nach oben, alles schien zu stimmen und war doch verzerrt, verkrampft. Ihre Augen fixierten meinen obersten Hemdknopf. Dann sagte sie mit ihrer blöden Kermit-Stimme: »Man kann mit Fremden nicht umgehen. Sie sind zu ... zu nah. Zu persönlich. Man weiß auch nie, was sie im Schilde führen – auch wenn man aufpasst und alles hört, man kann nie wissen. Und manche tun Dinge, die ... die einem Angst machen.« Sie lächelte die ganze Zeit. Auf ihre Stirn und ihre Oberlippe waren wieder dicke Schweißtropfen getreten. Plötzlich streckte sie mir die Hand hin, und Kermit sagte: »Man dankt allerherzlichst.«

»Keine Ursache.« Ich griff zu, doch bevor ich sie berühren konnte, zuckte ihre Hand zurück. Ich ließ die meine sinken, und Eva hob zögernd die ihre wieder.

In der Küchentür tippte sich Anneliese mit dem Finger an die Stirn.

Mir reichte es ebenfalls. »Na denn tschüss«, sagte ich, marschierte an Eva vorbei in den Flur, griff mir meine Jacke und die Hundeleine. Bruno hatte vor dem Kühlschrank gehockt, nun kam er angaloppiert. Einen Augenblick später waren wir draußen.

Ich nahm mir eine große Runde vor. Anneliese war ja im Hause. Ich schlug den Weg zum Baggersee ein und schritt zügig aus. Der Hund lief mal voraus, blieb mal zurück; er hatte unzählige Schnüffelkontrollen durchzuführen und unzählige Male das Bein zu heben. Schon nach ein paar hundert Metern wurde mir warm; der Himmel war bedeckt, doch die Sonne war trotz der Jahreszeit noch nicht kraftlos. Als wir das Ufer erreichten, flog gegenüber ein Graureiher auf, der mit dem spitzen Schnabel im Seichten Nahrung gesucht hatte. Wir umrundeten das Gewässer und gingen dann in einem großen Bogen wieder auf Niederholt zu. Über die weite Flur hinweg konnte ich sehen, wie Evas Taxi unter den Eichen hervorkam und davonfuhr. Gott sei Dank.

Als wir nach einer weiteren halben Stunde die Dorfstraße erreichten, nahm ich den Hund an die Leine. Der Verkehr hatte zugenommen in letzter Zeit. Überall in der Gegend wurde gebaut, und da hier draußen jeder Haushalt mindestens zwei Autos brauchte, schwoll der Blechstrom stetig weiter. Um Engpässe zu beseitigen, mussten da und dort bereits neue Straßen angelegt werden; das wiederum machte selbst abgelegenere Dörfer immer besser erreichbar, wodurch sie als Wohnorte in Betracht rückten – eine unselige Spirale. Jetzt, am Sonntag, herrschte zum Glück einigermaßen Ruhe.

Nach ein paar hundert Metern konnte ich wieder dorfauswärts abbiegen. In Höhe des Friedhofs wollte ich Bruno gerade wieder ableinen, als mir die zweite Überraschung des Tages entgegenkam: der voll besetzte Wagen der *Tiefbaupraktiker*. Am Steuer saß Isabel, neben ihr Rieger. Sie hielt, er ließ das Fenster herunter.

»Paul – Mensch, ein Glück, dass wir dich wenigstens noch treffen! Wir müssen leider Knall auf Fall los! Das heißt, eigentlich muss nur Isabel los, aber da wir nun mal alle zusammen in einem Auto gekommen sind ...«

Isabel beugte sich herüber und streckte mir die Hand hin. »Tut mir echt leid, der hektische Aufbruch, aber meine Arbeit – da brennt's ganz fürchterlich. Lady Di! Den ganzen Tag gestern haben mich zwei Redaktionen zu erreichen versucht, und eben haben sie mich schließlich auf dem Handy erwischt. Du, es war sehr schön in deinem Haus, hab vielen Dank, Paul!«

Ich verbarg meine Erleichterung hinter einer besorgten Miene. »Habt ihr wenigstens anständig gefrühstückt?«

»Aber ja, Paul, einen Happen.« Ullerbek hatte hinten gleichfalls das Fenster runtergelassen. Er wirkte nicht gerade frisch, aber doch weniger geschafft als gestern Morgen. »Deine Perle hat uns was angeboten. Blöd, dass wir so überstürzt losmüssen. Vielen Dank, alter Junge!« Ehe ich michs versah, hatte er mir wieder die Finger gequetscht.

Niki saß hinten in der Mitte und war ehrlich betrübt. »Schade, Paul. Bis bald mal, hoffentlich!« Sie hielt meine Hand ein klein wenig länger fest als nötig.

Rademann neben ihr sagte nichts, nickte mir nur schwermütig zu.

Ich klopfte aufs Autodach. »Macht's gut, Leute. Kommt gut nach Hause!«

Isabel hupte und fuhr los. Rieger und Ullerbek winkten aus den Fenstern, ich winkte zurück. Ich seufzte tief. Mein Wunsch war schneller in Erfüllung gegangen als erhofft. Als der Wagen um die nächste Biegung verschwand, ließ ich Bruno laufen und machte mich wieder auf den Weg. Zu Hause würde ich in aller Ruhe mein eigenes Frühstück nachholen, dann würde ich vielleicht meine E-Mails durchsehen, ein wenig lesen oder einfach nur untätig auf dem Sofa liegen und warten, bis das Echo all der Gespräche in meinem Kopf verklungen war.

In den Blätterkronen der Eichen und Linden, die den Peerbeek säumten, näherte sich ein lautes Rauschen. Ein Regenschauer. Natürlich hatte ich keinen Schirm mitgenommen. Ich schlug den Kragen hoch und begann zu traben. Als

Bruno das bemerkte, kam er sofort gerannt, schlug einen Bogen um mich und startete ungestüm neben mir durch wie zu einem Wettlauf. Seine Pfoten trommelten hörbar.

Etwa hundert Meter vor mir bremste er. Dort hatte die Gemeinde rechts des Weges ein paar alte Container abstellen lassen: das Niederholter Jugendzentrum. Zwei waren ausgediente Baubuden, einer war ein Toilettenhäuschen gewesen. Die Dinger hatten monatelang auf dem Acker vor sich hingegammelt, bis der Gemeinderat – kurz vor der letzten Kommunalwahl – plötzlich ungeahnte Aktivitäten entwickelt hatte. Die Blechkisten waren mit Holz verkleidet und mit einer Dachkonstruktion überwölbt worden, was zwar an den dürftigen Räumlichkeiten nichts änderte, aber höchst imposant wirkte. Dahinter war eine kleine Fläche für einen Aschenplatz planiert worden, an dessen Rand nun ein Rohrgestänge einen Basketballkorb in den Himmel reckte, zum Dorf hin hatte man einen hohen Erdwall aufgeschüttet, und parallel zum Weg war eine große Parkfläche angelegt worden, auf der wohl die Kinder ihre Autos abstellen sollten. Nachts wurde der Parkplatz von zwei Neonlaternen beleuchtet.

Über den Fortgang der Dinge waren bereits Wetten abgeschlossen worden. Anneliese hatte darauf getippt, aus dem Dorf würden schon bald die ersten Beschwerden über Lärm, Alkohol, Marihuana und »Schweinigeleien« in der Lasterhöhle laut werden, und dann werde man den Laden schließen, wieder öffnen, wieder schließen und wieder öffnen, bis irgendwann alles abbrennen werde. Erfahrungen anderer Dörfer mit ähnlichen Projekten sprachen dieser Vorhersage ein gewisse Wahrscheinlichkeit zu.

Bruno kam wieder zwischen den Buden hervor, überquerte den Weg und verschwand links im Bach. Ihn vom Wasser fernzuhalten, war unmöglich, außerdem war er sowieso schon nass, und der Peerbeek würde immerhin den Dreck von ihm abspülen. Daheim würde er dann die üblichen paar Stunden im hinteren Flur trocknen müssen. Dort schlief er bereitwillig auf seinem Stammplatz, und wenn er sich schließlich erhob, blieb stets ein flacher Haufen Sand und Staub liegen.

Als ich die Stelle passierte, wo er im Bach verschwunden war, rief ich nach ihm und legte selbst einen Spurt ein, um ihn zum Mitlaufen anzustacheln, aber er kam nicht. Ich blieb stehen und pfiff auf den Fingern. Vergebens. Ärgerlich ging ich ein Stück zurück und spähte dabei über den Rand des Grabens. Bruno stand im Wasser und beschnupperte die dritte Überraschung des Tages: Herbert Nawrot. Der rebellische Ratsherr lag halb in der weichen Ufererde, halb im Bach auf dem Rücken. Er trug noch immer seinen Turban, doch heute war sein Gesicht noch weißer als der Verband, dessen lose Enden in der Strömung schwammen. Die Haut war vom Regen und vom Bach trotz all des Schlamms ringsum ganz sauber gewaschen, der Blick war in die Baumkronen gerichtet. Von dort kamen dicke Tropfen herunter, zerteilten die Wasseroberfläche in unzählige Ringmuster und klatschten in Nawrots weit geöffnete Augen. Die Schürfwunde an seiner Schläfe war hell und blutlos, aber dort, wo sein Mantel die Brust freigab, wies das Hemd mehrere braunrot geränderte Schnitte oder Einstiche auf.

Mein erster Impuls war, den Hund dort wegzubekommen. Der Befehl war anscheinend ungewöhnlich scharf, denn Bruno kam sofort, setzte mit zwei kräftigen Sprüngen zum Weg hoch und stellte sich neben mich. Er hechelte zwei-, dreimal laut und deutlich. Jemand müsste mal untersuchen, kam es mir in den Sinn, ob nicht gerade das Hecheln zusammen mit dem Gewedel und den anderen Gesten eine sehr viel differenziertere Hundesprache darstellt, als wir ahnen. Dann begann ich die Tragweite der Situation zu erfassen, mein Puls beschleunigte sich. Herbert Nawrot da unten war tot, allem Anschein nach umgebracht worden. Ich hatte in Niederholt schon einmal einen Ermordeten gefunden, und die Folgen waren ein Albtraum gewesen; Verdächtigungen, endlose Verhöre, mein verzweifelter Versuch, die eigene Unschuld zu beweisen. Was passieren würde, wenn mich die Kripo jetzt schon wieder neben einer Leiche fand, mochte ich mir nicht ausmalen.

Allerdings ... noch hatte ich vielleicht die Möglichkeit, die Entdeckung für mich zu behalten. Ich hob den Blick und sah in die Runde. Kein Mensch in Sicht. Die nächsten Häuser ein ganzes Stück weit weg, noch hinter dem Friedhof. In einem Dorf bleibt zwar kaum etwas wirklich unbeobachtet, aber hier war ja nichts zu sehen als Paul Nickel auf einem Spaziergang mit seinem Hund, und dies allenfalls ganz von weitem. Keinesfalls konnte jemand erkennen, dass ich etwas gefunden hatte. Ich brauchte nur weiterzugehen. Irgendwer würde Nawrot schon entdecken. Ich sah nach, ob ich auf der Erde Fußspuren hinterlassen hatte. Nein, ich war vom asphaltierten Weg kaum abgewichen, hatte nur ein, zwei Schritte auf dem Gras daneben gemacht. Bruno hatte zwar unten tiefe Abdrücke im Schlamm hinterlassen – aber den Hund mochten sie meinetwegen gern verhören.

Kurz entschlossen trat ich auf den Asphalt zurück und setzte meinen Heimweg unauffällig fort. Bruno blieb mir jetzt sehr brav auf den Fersen. Ich ging bewusst in meinem gewohnten Spazierschritt, bis mir einfiel, dass das bei strömendem Regen vielleicht gar nicht so unauffällig war, also begann ich wieder zu traben. Dann kam mir ein entsetzlicher Gedanke. Was, wenn Nawrot gar nicht tot war?

Die Löcher in seinem Hemd sahen aus, wie ich mir Stichwunden vorstellte, aber ich hatte in meinem ganzen Leben noch keine gesehen, zumindest keine echten. Vielleicht war er nur verletzt und brauchte dringend Hilfe. Mir wurde heiß. In dem kleinen Kiefernwäldchen, durch welches das letzte Wegstück führte, stellte ich mich keuchend unter und überlegte, was ich tun könnte. Zurückzulaufen wäre Blödsinn gewesen, denn alleine konnte ich dem Mann sowieso nicht helfen, da musste ein Notarzt her. Ein rascher anonymer Anruf? Dafür kam nur eine Telefonzelle in Frage, und die nächste war mitten im Dorf.

Im Geiste sah ich wieder Herbert Nawrots glasig offene Augen. Ich schalt mich einen panischen Idioten. Kein Mensch liegt mit Löchern in der Brust und weit geöffneten Lidern reglos im Bach, wenn er nicht tot ist, oder? Bruno, der sich gesetzt hatte, stand auf und sah wedelnd den Weg entlang zurück. Ich griff rasch zu und leinte ihn an. In Höhe des Friedhofs war eine rundliche Gestalt mit Schirm erschienen, der ein Cockerspaniel mit der Nase am Boden vorauslief. Am Hund und am Watschelgang erkannte ich Edgar Teckel, einen Landmaschinenvertreter, der gelegentlich für den *Wittholter Anzeiger* schrieb. Der Spaniel würde Nawrot in einer Minute gefunden haben, das war sicher.

Jetzt sah ich endgültig zu, dass ich heimkam, wobei ich darauf achtete, dass wir nicht unnötig die Deckung der Kiefernstämme verließen. Je näher ich meinem Haus kam, desto mehr packte mich der Ärger. Wie hatte ich es bloß hingekriegt, im Handumdrehen in eine Situation zu geraten, die mich zwang, wie ein Dieb zu schleichen?! Ich versteckte mich allen Ernstes vor diesem dämlichen Edgar Teckel! Fluchend marschierte ich meine Auffahrt hoch, ging ums Haus herum, auf der Rückseite hinein und schaffte Bruno in den hinteren Flur zum Trocknen.

Anneliese hatte mich kommen sehen. Sie hatte den ganzen Vormittag gelüftet, aber es stank im Haus noch immer nach kaltem Rauch. Als ich mit quatschenden Schuhen in die Halle kam, stand sie mit den Händen auf der Hüfte da und erwartete mich.

»Ich hab eben erst gewischt.«

Ich seufzte und zog die nassen Latschen aus. Die Socken waren genauso nass. Anneliese verschränkte die Arme und wartete neugierig auf eine Erklärung. Ich hütete mich, auch nur eine Andeutung zu machen. Anneliese war zwar der verlässlichste Mensch der Welt, aber sie war auch so was wie die Dorfzeitung.

»Schirm vergessen«, murmelte ich nur, »Scheißregen.« Damit setzte ich mich eilig in meinen Schlaftrakt ab, um der kalten Dusche eine heiße folgen zu lassen.

Ich redete mir ein, ich müsse mir noch die Nacht aus den Haaren spülen, aber eigentlich war es das Bild des Toten, das ich vergebens wegzuwaschen versuchte. Als ich wieder zum Vorschein kam, war es kurz vor eins, und Anneliese war gegangen. Ich machte mir etwas zu essen, dann ging ich nach oben und startete den Computer. Daneben stand das Telefon. Sollte ich nicht doch besser die Polizei anrufen? Ich könnte nach Eckermann fragen, dem Hauptkommissar, der beim letzten Mal die Mordkommission geleitet hatte. Vielleicht war es sogar ein Vorteil, dass er mich kannte. Ich konnte mich nicht entschließen.

Durchs Fenster versuchte ich zum Peerbeek hinüberzuspähen. Der Blick war weitgehend von Bäumen verstellt, trotzdem war eine deutliche Unruhe auszumachen; Menschen,

Fahrzeuge, ein geschäftiges Hin und Her. Nawrot war gefunden worden, aber er musste mausetot sein, sonst hätte ihn ein Rettungswagen mit Blaulicht und Martinshorn ins Krankenhaus gebracht. Sollte mich Teckel bei der Leiche gesehen haben, konnte ich mich auf Besuch gefasst machen.

Es juckte mich, Anneliese anzurufen, denn erstens war sie auf dem Heimweg an der Stelle vorbeigekommen, und zweitens wusste sie sowieso immer alle Neuigkeiten als Erste. Ein Anruf von mir um diese Zeit und ohne konkreten Anlass hätte ihr aber sofort verraten, dass etwas im Busch war.

Jetzt war am Peerbeek vermutlich alles abgesperrt, und der Erkennungsdienst der Kripo suchte jeden Zentimeter nach Spuren ab – nach Fasern, Fußabdrücken, Blut ... Moment mal! Nawrot war doch bestimmt nicht im Wasser erstochen worden, sondern auf dem Weg. Es konnte gut sein, dass ich sein Blut an meinen Schuhen hatte. Sollte ich nachsehen? Blödsinn. Mit bloßem Auge würde sowieso nichts zu erkennen sein.

Mein Rechner meldete sich: eine Mail von Isabel. Sie bedankte sich noch mal fürs Wochenende, schrieb kurz, weil in Eile, aber immerhin. In Abständen folgten dann Mails von Rieger, Ullerbek und Niki. Rieger lobte ausführlich meinen Getränkebestand und meine Küche, ließ Anneliese grüßen und fügte ein paar Links zu witzigen Internetseiten an. Ullerbek lieferte die für solche Gelegenheiten üblichen Dankesfloskeln ab. Eine lange, sehr nette Mail kam von Niki, welche an die Unterhaltung anknüpfte, die wir am Abend zuvor geführt hatten. Ich wollte ihr gerade antworten, als ich einen Wagen vorfahren hörte. Ich ging nach unten.

Vor der Tür stand Kriminalhauptkommissar Eckermann. Er war unverändert füllig, erinnerte immer noch an einen Landwirt im Sonntagsstaat, der Vollbart schwarz, die blauen

Augen verdächtig harmlos in dem rosig-rundlichen Gesicht. Er lächelte, und in seiner Stimme schwang unerwartet viel Sympathie: »Na, Herr Nickel?« Es klang halb belustigt, halb besorgt. Er stellte mir seinen Begleiter vor, einen langen Uniformierten: »Polizeiobermeister Schacht aus Wittholt.«

Schacht musterte mich mit zusammengezogenen Brauen.

Ich tat gar nicht erst überrascht. »Kommen Sie rein.« Die beiden traten sich sehr ordentlich die Schuhe ab.

»Sie können sich denken, dass ich nicht zufällig vorbeikomme.« Eckermann hängte seinen Mantel auf einen Bügel. »Ich muss Sie um Ihre Hilfe bitten.«

»Nur zu.« Ich ging voraus in die Wohnhalle. »Setzen Sie sich.«

Er sah sich um und stieß einen Pfiff aus. »Donnerwetter!« Er wies auf den Fußboden: »Norwegischer Granit, was? Für so was hab ich einen Blick.« Er zog ein Keilkissen aus seiner Aktentasche und legte es auf den Stuhl, bevor er sich setzte. »Tja, die Bandscheibe«, erklärte er.

Ich nickte und sah zu, wie er ein Klemmbrett mit Notizpapier und einen Stift hervorholte. Dann nahm er seine Armbanduhr ab und legte sie so vor sich auf den Tisch, dass er das Zifferblatt im Auge hatte. Ich setzte mich ihm gegenüber. Der Uniformierte wanderte derweil umher und betrachtete meine Gitarren. Eckermann sah mich fragend an.

»Schießen Sie los«, sagte ich.

»Also. Sie waren heute Mittag gegen halb eins mit Ihrem Hund auf dem Weg vom Dorf zu Ihrem Haus?«

Ich nickte. »Das kann hinkommen.«

Eckermann legte das Klemmbrett auf den Tisch und sah mich mit gesenktem Kopf an. »Sie haben ihn gesehen, hab ich recht?«

»Wen? Edgar Teckel?«

»Den Toten.«

Sein Ton war so verdächtig nachsichtig, dass bei mir sämtliche Alarmglocken schrillten, aber ich hatte trotzdem das Gefühl, dass es besser war, die Wahrheit zu sagen. »Ja.«

Eckermann nickte langsam. Der Uniformierte trat neben ihn und bellte mich an: »Wieso haben Sie das nicht gemeldet?!«

Der Hauptkommissar wandte sich ärgerlich zu ihm um: »Seien Sie so nett und halten Sie sich zurück. Kein Mensch lässt sich gern in einen Mord verwickeln; die meisten Leute haben nicht viel Freude an Leichen.« Dann wieder zu mir: »Ich brauche Sie einfach nur als Zeugen, Herr Nickel. Allein schon, um die Tatzeit einzugrenzen.«

»Ich trage keine Uhr, Herr Eckermann. Sie müssen sich wohl oder übel auf die Angaben von Herrn Teckel verlassen.«

Der Uniformierte wandte sich wieder meinen Gitarren zu. Eckermann blätterte in seinen Klemmblocknotizen. »Also, wenn Teckel recht hat, haben Sie sich um kurz vor halb eins von der Leiche entfernt. Wie lange waren Sie vorher in der Gegend, was meinen Sie?«

Ich dachte nach. Spätestens vom Friedhof aus hatte ich den ganzen Weg überblicken können. Da war ganz sicher niemand in Sicht gewesen. Dann waren mir die *Tiefbaupraktiker* mit dem Wagen entgegengekommen. Wir hatten vielleicht fünf Minuten miteinander gesprochen, bevor sie abfuhren. Ich hatte Bruno von der Leine gelassen, es hatte zu regnen begonnen, ich war losgetrabt. Ich war ein Stück weit an den Containern vorbeigespurtet, und als Bruno nicht mitkam, war ich zurückgegangen und auf Nawrot gestoßen. Bei der Leiche hatte ich höchstens drei, vier Minuten gestanden. Ich beschrieb Eckermann den Ablauf und schloss: »Ich denke, ich war etwa eine Viertelstunde in Sichtweite der Fundstelle, bevor ich dann in der Ferne Edgar Teckel bemerkt hab.«

Eckermann notierte sich das und sagte: »Demnach muss die Tat vor zwölf Uhr zehn begangen worden sein. So wie die Leiche aussah, hat sie allerdings schon erheblich länger da gelegen. Der Arzt konnte noch nichts Genaues sagen, da müssen wir die Obduktion abwarten. Sie hatten Gäste?«

»Ein paar Leute aus Hamburg, ja. Übers Wochenende.« In diesem Dorf blieb nichts unbemerkt.

Hinter mir erklang ein missglückter Gitarrenakkord. Ich drehte mich um; der Polizeiobermeister hatte meine Taylor Doyle Dykes vom Ständer genommen und verrenkte sich die Finger auf dem Griffbrett.

»Siebentausend Mark«, sagte ich zu ihm. »Passen Sie mit den Uniformknöpfen auf, Knöpfe können hässliche Spuren in den Lack drücken.«

Eilig stellte er die Gitarre zurück. Eckermann sah ihn kopfschüttelnd an. Er wandte sich wieder an mich.

»Würde es Ihnen was ausmachen, uns die Namen und Adressen Ihrer Gäste aufzuschreiben?«

Ich schob meinen Stuhl zurück, um aufzustehen. »Die Namen sind kein Problem, die Adressen müsste ich holen. Ich hab allerdings nicht alle.«

Er winkte ab: »Hat keine Eile. Das machen wir nachher, bleiben Sie sitzen. Sie sagen, Sie haben drei, vier Minuten neben der Leiche gestanden. Haben Sie irgendwas angefasst oder verändert?«

Ich berichtete, was ich getan beziehungsweise nicht getan hatte. Er meinte, Bruno habe bedauerlicherweise schon einiges an Spuren zertrampelt, jedoch stehe wohl fest, dass Nawrot in den Bach gestoßen worden sei, kurz nachdem man ihm dreimal in die Brust gestochen habe. Die Kopfverletzung müsse dagegen älter sein; der Mann habe ja sogar einen Verband getragen. Ich schilderte Nawrots Turban-Auftritt in *Göke's Gasthof*, gab seine Vorwürfe gegen Matthiesen wieder und beschrieb den wütenden Abgang. Eckermann wurde sehr hellhörig. Sein Stift flitzte übers Klemmbrett. Ich musste auch haarklein alles wiederholen, was Anneliese über die Hintergründe des anrüchigen Bebauungsplans erzählt hatte. Als ich damit fertig war, sah Eckermann mich forschend an, als erwarte er noch mehr.

»Das war's«, sagte ich, »mehr weiß ich nicht. Höchstens ...«

»Ja?«

»Da war so eine andere Sache ... ist aber vermutlich nicht wichtig.«

»Nur raus damit. Wenn es unwichtig ist, kann ich's jederzeit vergessen.«

»Na ja, am Freitagabend ist hier ein Mann durch den Garten gerannt. Im Dunkeln. Ein Typ mit Glatze und Springerstiefeln. Ich hab ihn selbst nicht gesehen, aber einer von meinen Gästen wollte wissen, ob ich freilaufende Nazis im Garten halte. Ein anderer Gast hat bei der Ankunft einen Mann im Gebüsch stehen sehen. Normalerweise würde ich das nicht dramatisch finden, hier gibt's immer mal Spaziergänger und so, aber wo jetzt ein Mörder da draußen rumläuft – ich weiß nicht. Ich will nicht demnächst selber abgestochen daliegen.«

»Wer will das schon. Um welche Uhrzeit war das, als ... ja, ich weiß, Sie tragen keine Uhr. Wissen Sie's wenigstens ungefähr?!«

»Der Mann im Gebüsch, das muss so kurz nach neun gewesen sein. Den hat eine junge Frau namens Eva Pawlak gesehen, als sie mit dem Taxi gekommen ist. Und das mit dem Glatzkopf im Garten war vielleicht eine Stunde später, als wir gegessen haben. Den hat ein Mann namens Klaus Ullerbek rennen sehen. Ich schreib Ihnen gleich die Gästeliste.«

Eckermanns Handy klingelte. Er nahm den Anruf an, bat mich mit einem Blick um Entschuldigung und hörte eine Weile schweigend zu. Dann fragte er, ob man die Angehörigen angetroffen habe und wer sich im Dorf umhöre. Als er fertig war, sagte er zu mir: »Das war Fick.«

Auch das noch. Für den Kommissar mit dem anzüglichen, gut norddeutschen Namen war ich ein rotes Tuch. »Ein Unglück kommt selten allein, was?«, knurrte ich.

Eckermann lachte. »Tja, wir arbeiten oft zusammen. Fick ist ein guter Mann. Aber wenigstens von einem Unglück kann ich Sie befreien, ich geh nämlich jetzt wieder.« Er stand auf. »Schacht! Lassen Sie sich bitte von Herrn Nickel die Liste geben.«

Während Eckermann seine Utensilien einsammelte und den Mantel anzog, notierte ich oben rasch die Adressen von Rieger und Niki. Die der anderen hatte ich nicht, so schrieb ich nur ihre Namen auf, außerdem die Internetadresse der *Tiefbaupraxis*. Unten gab ich Schacht den Zettel. Der las ihn laut vor, um sicherzustellen, dass alles leserlich sei, dann fragte er: »Internetbekanntschaften?«

Ich nickte. »Ein Forum. Die fehlenden Anschriften bekommen Sie sicher über den Betreiber. Der sollte sie haben. Notfalls kann ich sie auch selbst per E-Mail erfragen.«

Eckermann bedankte sich, zog seine Brieftasche hervor und nahm ein Kärtchen heraus. »Wenn Ihnen noch irgendwas einfällt, Herr Nickel, oder wenn Sie eine Frage haben – rufen Sie mich unbesorgt an.« Er gab mir die Hand. »Fürs Erste vielen Dank!« Das klang fast freundschaftlich. Schacht schloss sich streng förmlich an, und ich war wieder allein.

Es wurde ein einsamer Nachmittag, nur unterbrochen durch den Besuch zweier Herren in Overalls. Sie waren vom Erkennungsdienst; Eckermann hatte sie geschickt. Ich sollte ihnen die Stelle zeigen, an denen der Mann im Gebüsch gestanden hatte, und den Weg, den der rennende Glatzkopf genommen hatte. Da ich selbst nichts gesehen hatte, konnte ich nur sehr ungefähre Angaben machen. Danach waren die Overalls eine ganze Weile im Garten beschäftigt.

Der Abend war noch einsamer. Als die Nacht anbrach, hockte ich im Dunkeln oben auf der Galerie und wünschte, wenigstens Niki wäre dageblieben. Ich hatte eine der beiden Burgunderflaschen aufgemacht. Der Wein war ausgezeichnet, aber ich war viel zu unkonzentriert, um ihn zu würdigen. Ich spähte dauernd ins Freie und hätte erstmals gerne Vorhänge oder so etwas gehabt. Der Architekt hatte mir seinerzeit diverse Möglichkeiten zum Sichtschutz empfohlen, aber ich hatte partout keinen gewollt und mich – mein Schlafzimmer und die Bäder ausgenommen – überall auf das beschränkt, was nötig war, um die Sonneneinstrahlung zu regulieren. Ich wollte eins mit der Natur sein. Selten dämlich. Allerdings hatte ich da auch noch kein plätscherndes Bächlein vor Augen, in dem ein toter Turbanträger lag. Auch der umlaufende Balkon machte mir jetzt Sorgen, denn da konnte jeder einfach die Außentreppe hinaufmarschieren. Fenster und Türen waren zwar abschließbar, aber wer reinwollte, würde schon reinkommen.

Als der Burgunder alle war, ging ich leidlich angetrunken ins Bett. Ich schaltete den Fernseher ein und zappte ein wenig herum. Lady Dianas Trauerfeier und Elton Johns *Candle In The Wind* waren allerdings nicht geeignet, meine Stimmung zu heben. Schnulzen müssen sein, das Publikum will sie nun mal – aber es gibt Grenzen. Zumindest für meinen

Geschmack. Vielleicht liegt das daran, dass ich der Sohn eines Leichenbestatters bin. Der Tod ist nicht schmalzig. Der Tod kommt mit Krankheit und Elend, mit Angst und Schmerzen, er kommt auf dem blutigen Rücksitz eines zermalmten Autos oder liegt mit weit offenen Augen und Löchern in der Brust im Bach. Elton John, wünschte ich mir, möge sich seine Kerze sonst wohin stecken. Ich machte den Fernseher aus und war sofort weg.

4. Kapitel

Der Montagmorgen begann mit einem unerfreulichen Anruf von Herrn Koretzki, der ein ernstes Wort mit mir zu reden hatte. Diesmal gelang es ihm, mich mit dem Hinweis auf drei gleichzeitig fällige Forderungen des Finanzamtes ziemlich zu beunruhigen: eine Steuernachzahlung, eine nachträglich erhöhte Vorauszahlung und eine Anpassung der laufenden Vorauszahlung. Ich war nahe daran, mir die Schubladen und Ordner vorzunehmen, die mein Tohuwabohu aus Rechnungen, Quittungen und Kontoauszügen enthielten, doch nach einem kurzen Blick darauf resignierte ich und gab den Gedanken als hoffnungslos auf. Mit einem mulmigen Gefühl im Magen und verkatertem Kopf drehte ich eine große Hunderunde, auf welcher ich mich freilich vom Peerbeek weiträumig fernhielt.

Von Eckermann sah und hörte ich zunächst nichts, von Anneliese auch nicht. Sie war am Wochenende eigens wegen meiner Gäste zur Arbeit erschienen und hatte nun frei. Sie würde erst am Mittwoch wiederkommen. Um zu erfahren, was im Dorf los war, hätte ich schon zu Göke gehen müssen, und dazu hatte ich keine Lust. So saß ich weltabgeschieden in meinem Aquarium.

Ich spielte ein, zwei Stunden Gitarre, damit die Finger nicht einrosteten, dann holte ich die Post rein, erledigte ein paar Briefe und Telefonate. Inzwischen fühlte sich mein Magen etwas besser an und signalisierte Appetit. Ich machte mir frischen Kaffee, dazu sparsam gebutterten Toast mit ein paar Körnchen Salz darauf; erfahrungsgemäß mein verträglichstes Katerfrühstück. Damit setzte ich mich in die Küche und blätterte in der Tageszeitung.

Die Königin der Herzen war immer noch auf Seite eins. Mubarak, König Hussein und Arafat hatten sich in Kairo gegen Gewalt im arabisch-israelischen Konflikt ausgesprochen, Norbert Blüm hatte erklärt, die Rentenreform werde doch erst 1999 kommen, Theo Waigel rechnete mit neuen Steuerausfällen, Erik Zabel hatte das einundneunzigste Rennen »Rund um Berlin« im Schlussspurt gewonnen. Ausführlich wurde ich darüber informiert, dass während der Funkausstellung im Medientreff der ARD täglich vierzig Flaschen Weißwein und insgesamt zwölftausend Tassen Kaffee ausgeschenkt worden waren und dass eine Truppe privater Kopfgeldjäger in den USA sich vor ein paar Tagen in der Tür geirrt und ein völlig falsches Pärchen erschossen hatte.

Dann fiel mein Blick auf ein vertrautes Gesicht: *Isabel Schneiders Stern im Sinken* stand darüber. *Die vollschlanke Moderatorin Isabel Schneider gerät zunehmend unter Druck. Die Einschaltquoten ihrer* Vip-Tipps *sinken stetig; zwar dementiert der Sender, die Show absetzen zu wollen, doch denke man, so heißt es, über eine Auffrischung des Konzepts nach. Selbst Isabel Schneiders Kolumnen scheint langsam die Luft auszugehen. Die Zeiten, in denen ihre provokant-witzigen Kommentare auflagenfördernd wirkten, sind offensichtlich vorbei.*

War Isabel am Wochenende davon etwas anzumerken gewesen? Höchstens bei der Abfahrt. Meine Arbeit – da brennt's ganz fürchterlich, hatte sie gesagt. Ich legte die Zeitung weg und ging wieder nach oben, um ein Auge auf die *Tiefbaupraxis* zu werfen. Dort fand das übliche Geplänkel statt. Die Lehrerin hatte etwas Betuliches zum Thema Multikulti gepostet:

Ich habe neulich der Tochter einer Freundin liebevoll über den Kopf gestreichelt. Dieses Streicheln hätte mich fast die Freund-

schaft gekostet, weil diese Freundin Asiatin ist und es ihrer Ansicht nach die Würde eines Menschen verletzt, wenn man ihm über den Kopf streichelt. Der Kopf ist in ihrer Kultur Tabuzone. Nur weil meine Freundin schon mehrfach erfahren hatte, dass die in ihren Augen würdelose Behandlung hier in Deutschland häufig schlichte Freundlichkeit ist, konnten wir darüber reden und das Missverständnis ausräumen.

Der Informatiker griff den Brocken begeistert auf:

Gut, dass ihr drüber reden konntet! Es sollten viel mehr Ausländer darüber aufgeklärt werden, dass sie hier in Deutschland nur aus schlichter Freundlichkeit würdelos behandelt werden! Wusstest du übrigens, dass »ja« auf Griechisch »nä« heißt?! Doch, wirklich! Hätte mich fast mal die Freundschaft mit einem Schwammtaucher gekostet. Und bei den Massai gelten karierte Boxershorts als würdelos, während man in Mecklenburg-Vorpommern niemals anderen die rechte Hand reicht (sie gilt als die »schmutzige«, weil man sich damit den Hintern abwischt). Stattdessen hält man sie ausgestreckt hoch und außer Reichweite. Im Übrigen gilt natürlich auch in Deutschland der Kopf als Tabuzone. Die meisten denken nicht mal damit.

Ich hätte selbst gern mein Denken abgeschaltet, denn trotz aller Ablenkungsbemühungen drängten sich Nawrot und die Regentropfen, die auf seine ungeschützten Augäpfel klatschten, immer wieder in mein Bewusstsein. Zu seinen Lebzeiten hatte er mich nicht sonderlich interessiert, aber nun, da ich seine Geschichte kannte, berührte mich sein Schicksal. Außerdem nötigte mir sein einsamer Einsatz gegen die Niederholter Baulandmafia Respekt ab. Hoffentlich kriegte Eckermann raus, wer der Messerstecher war.

Ich las noch einmal die Dankesmails der Hamburger und schrieb Niki die ausführliche Antwort, die ich gestern schon vorgehabt hatte. Verwunderlich fand ich, dass von Rademann kein Wort gekommen war. Trotz aller inhaltlichen Bissigkeit war er sonst eigentlich der höflichste von allen. Vielleicht war er krank? Bei der Abfahrt hatte er angeschlagen gewirkt.

Da ich schon mal am Rechner saß, nutzte ich die Gelegenheit zu notieren, was mich so alles bewegte. Das hatte ich schon immer gern gemacht. Ich schrieb nicht gerade ein intimes Tagebuch, ich hielt nur ungeordnet fest, was Gott und die Welt mir an Beobachtungen und Betrachtungen nahe legten. Auf die Art, fand ich, konnte ich Schwerverdauliches besser verarbeiten, konnte meine Eindrücke sortieren, gewichten, Ideen festhalten, meine Sicht der Welt klären und ein bisschen Ordnung in meinen Gedanken schaffen. Und vor allem konnte ich mich auf angenehm tätige Weise vor der eigentlichen Arbeit drücken.

Am Spätnachmittag kam Eckermann vorbei. Diesmal freute ich mich beinahe, denn ich war auf Neuigkeiten gespannt; außerdem hatte er ausnahmsweise keinen sauertöpfischen Adlatus dabei. »Lassen Sie uns mal ein bisschen schnacken«, brummte er und ließ sich schwer auf einen Stuhl sinken. »Wenn Ihnen dabei noch irgendwas Nützliches einfällt – umso besser.«

Ich machte Kaffee. Eckermann hatte weder sein Keilkissen aus der Aktentasche geholt noch die Armbanduhr auf den Tisch gelegt, was ich als Zeichen dafür deutete, dass dies tatsächlich keine amtliche Visite war. Er schien vielmehr Dampf ablassen zu wollen. Er war stinksauer, und zwar auf den Niederholter Gemeinderat und den Gemeindedirektor – vor allem auf Letzteren.

»Anneliese Göke hat uns bestätigt, was Sie berichtet haben: Dieser Peter Matthiesen dreht da anscheinend ein ganz krummes Ding, und der ganze Rat steht mitsamt dem Gemeindedirektor dahinter wie ein Mann. Der Einzige, der aus der Reihe getanzt ist, war Nawrot – und der ist nun tot. Leider gibt es nicht den Hauch eines Beweises für irgendwelche ungesetzlichen Handlungen des Gemeinderates!«

»Aber über das Gemauschel weiß doch das ganze Dorf Bescheid!«

»Dorfklatsch ist kein Beweis.«

»Können Sie als Kriminalbeamter denn nicht die Gemeindeakten einsehen? Da muss doch was Konkretes drin sein!«

Er nickte. »Das war mein erster Gedanke. Aber dieser Kürschner, der Gemeindedirektor, ist ein abgebrühter Hund. Ich bin unangemeldet in sein Büro gekommen und hab um Amtshilfe gebeten – da sagt der kaltlächelnd nein! Dazu gehört schon einiges an Unverfrorenheit, wenn es um einen Mord geht.« Eckermann ließ eine Faust auf den Tisch fallen. Ich wollte eine Frage stellen, aber er wehrte ab: »Das hat mich natürlich nicht abgehalten. Wenn nämlich der berechtigte Verdacht besteht, dass Gefahr im Verzuge ist, dass also ein Beweisstück beiseitegeschafft werden könnte, dann kann ich auf der Stelle die Durchsuchung anordnen. Das hab ich gemacht.« Die Faust fiel wieder auf den Tisch. »Und was, meinen Sie wohl, hab ich gefunden?«

»Nichts?«

»Nichts.«

Ich schnitt eine Grimasse. »Demnach sind die Gerüchte also doch falsch. Tut mir leid, wenn ich Sie da irregeleitet habe. Ich hab allerdings nur wiedergegeben, was ich gehört hatte – und das sollte ich ja wohl.«

»Ganz recht, das sollten Sie. Ihnen braucht überhaupt nichts leid zu tun. Die Gerüchte stimmen, davon bin ich überzeugt. Ich hab mir ein ziemlich klares Bild von den ehrenwerten Herrschaften im Niederholter Rate machen können. Und da ist noch etwas: die Paginierung der Unterlagen ist nicht korrekt.«

Ich sah ihn fragend an.

»In den Akten fehlt etwas, das mal drin war, verstehen Sie?«

»Ah! Ist das kein Beweis?«

»Nur ein Anzeichen dafür, dass irgendwas nicht in Ordnung ist. Da bleibt unser sauberer Herr Kürschner ganz gelassen. ›Sie haben völlig recht, Herr Hauptkommissar‹, sagt der, ›so was kommt leider vor; gelegentliche Fehler sind bei so viel Verwaltungsaufwand gar nicht zu vermeiden.‹ Aalglatt, der Kerl.«

»Aber damit können die doch nicht durchkommen. Spätestens, wenn Matthiesen das Grundstück mal nutzen oder verkaufen will, muss er doch Farbe bekennen!«

»Sicher muss er das, aber so kleine Gaunereien wie diese verjähren sehr schnell. Zu gegebener Zeit wird Kürschner die ›verlegten‹ Papiere einfach wiederfinden – und das wird zufällig direkt nach Ablauf der Verjährungsfrist sein. Dann ist der Bebauungsplan durch, das Geschäft ist gelaufen, die Gelder sind geflossen, und niemand kann mehr für irgendwas belangt werden.«

»Für Mord schon!«

»Den müssten wir erst mal jemandem nachweisen. Und das wird nicht einfach werden in dem Dorf hier. Wir sind heute den ganzen Tag zu fünft unterwegs gewesen und haben Fragen gestellt – und wir haben so ziemlich überall denselben Rat bekommen, wo wir den Täter suchen sollen.«

Mir schwante etwas. Eckermann nickte vielsagend: »Genau. Hier bei Ihnen! In Ihrem Aquarium. Unter den Fremden, die ihre Nase in Ratssitzungen stecken, bei denen sie nichts verloren haben.«

Jetzt fiel meine Faust auf den Tisch.

Eckermann wurde ernst. »Ausschließen kann ich das tatsächlich nicht, Herr Nickel. Allerdings gibt es näher liegende Spuren, das kann ich Ihnen sagen.«

»Sie haben also Spuren?!«

»Klar haben wir Spuren. Für einen Ermittler ist jeder Hinweis eine Spur – was der Erkennungsdienst findet, was der Arzt meint, die Zeugenaussagen, einfach alles. Auch jeder Zeuge ist eine Spur, verstehen Sie? Aber nicht jede führt zum Täter. Im Gegenteil: Zum Täter führen meist nur wenige, oft auch gar keine. Viele Spuren zu haben, ist großartig, aber es bedeutet unter Umständen auch, dass Unmengen davon abgearbeitet werden müssen, bevor man endlich an eine richtige gerät.«

»Wenn man also liest, die Polizei verfolge eine Anzahl von Spuren, dann heißt das ...«

»Erst mal gar nichts, genau.«

»Was ist denn mit den Spuren in meinem Garten? Haben die Leute vom Erkennungsdienst da irgendwas gefunden?«

Er schob mir seine leere Kaffeetasse hin. Ich griff nach der Kanne und schenkte nach.

»Wir haben zunächst mal überprüft, wer den Weg am Peerbeek alles benutzt«, sagte er. »Das sind in erster Linie die Leute, für die er die Hauptzufahrt darstellt, also Sie und die beiden Höfe weiter draußen. Zum anderen sind es alle Niederholter, die dort spazieren gehen, ihre Hunde laufen lassen und so weiter; am ehesten natürlich die nächsten Anwohner, Leute wie Edgar Teckel. Mit den meisten haben wir inzwischen gesprochen. Interessant für uns wäre, ob Sie bestimmte Leute regelmäßig am Peerbeek sehen oder treffen und wer von denen auch nachts unterwegs ist.«

Ich nickte nachdenklich. Wer regelmäßig einen Hund ausführt, sieht ständig andere Hundebesitzer. Man kennt sich und unterhält sich, während die Tiere miteinander herumtoben. Ich ging im Geiste alle durch und zählte auf, wen ich für gewöhnlich traf. Auf die Hundenamen kam ich sofort. Die Namen einiger Besitzer wusste ich nicht. Je länger das Gespräch dauerte, desto mehr hatte ich das Gefühl, doch wieder verhört zu werden.

Als Eckermann sich schließlich verabschiedete, war ich überzeugt, dass er hinter der nächsten Kurve den Wagen anhalten und jedes meiner Worte auf seinem Klemmbrett festhalten würde. Der Frage, ob der Erkennungsdienst in meinem Garten Spuren gefunden habe, war er ausgewichen.

5. Kapitel

Der Dienstagmorgen war nass und stürmisch. An den Fensterflächen im Nordwesten lief das Wasser fast waagerecht entlang, die Äste der Eichen bogen sich, die Büsche schlugen mit den Zweigen, als wollten sie jetzt schon sämtliche Blätter loswerden. Um halb zehn war ich immer noch im Bademantel. Ich hatte keine Lust, einen Fuß vor die Tür zu setzen. Für Bruno machte ich sie nur kurz auf. Ich hätte daneben stehen bleiben können, denn er war schon nach einer Minute zurück, um sich gleich wieder auf seinen Schlafplatz zu rollen. Kurz darauf erschien das Postauto. Der Briefträger sprang raus und flitzte in seiner gelben Pelerine durch den Regen zur Haustür, um blitzartig wieder im Wagen zu verschwinden.

Die Zeiten, in denen ich gespannt auf die Post gewartet hatte, waren eigentlich vorbei, denn ich bekam kaum noch interessante Briefe. Die interessanten Nachrichten kamen jetzt meist per E-Mail. Trotzdem beeilte ich mich, den Briefkasten zu leeren, bevor das Papier durchweicht war. Er war mal wieder mit Werbung vollgestopft; Stilmöbel, Fernseher, Teppichboden-Klopfsauger und *Bettwäsche, knallhart reduziert*. Den Vogel schoss der Cent-Markt ab: *Jubiläums-Saftknacker im Naturdarm*. Dann war da noch das Anzeigenblatt für Marsch und Heide, ein Schreiben vom Wasserbeschaffungsverband und – notorisch spät – die Rechnung der Gärtnerei Ruppin für den Heckenschnitt im letzten Frühjahr. Ganz zuunterst ein Briefumschlag ohne Absender, darin eine weiße, sauber mit Füllfederhalter beschriebene Karte.

Lieber Paul ... Eine schöne, klare Handschrift. Ich drehte das Kärtchen um. *Dein Josef* stand darunter. Rademann! Der

Mann hat Stil, dachte ich, keine popelige E-Mail, sondern ein Brief. Und nicht etwa ein läppisches *Hallo oder Hi Paul*, sondern die herkömmliche Anrede. Das gefiel mir.

Lieber Paul,

Du hast das Wochenende hoffentlich besser überstanden als Dein Getränkekühlschrank. Ich habe mich gefreut, Dich persönlich kennen zu lernen, habe Deine Gastlichkeit sehr genossen und danke Dir für alles. Nicht nur für die wundervolle Verpflegung, sondern auch für Deine Nachsicht mit meinen weinseligen humoristischen Anwandlungen, und ich danke Dir für Deine Bereitschaft, selbst einem Verrückten wie mir das Gefühl zu vermitteln, dass Du ihn magst.

Wenn Du diesen Brief bekommst, wirst Du mich schon nicht mehr mögen. Du wirst es erfahren haben, wirst Dich unfreiwillig in Mitleidenschaft gezogen sehen – und das hast Du nicht verdient. Ich kann Dich nur um Entschuldigung bitten. Was ich tun muss, ist jedoch unumgänglich; ich sehe keinen Ausweg.

In aufrichtiger Freundschaft
Dein Josef

Ich stand ratlos da. Was um Himmels willen sollte das bedeuten? Ich sah mir dem Umschlag an. Der Brief war in Hamburg aufgegeben, der Poststempel von gestern. Ich las die Nachricht nochmals. Was sollte ich erfahren haben? Meine Mailbox, schoss es mir in den Kopf. Ich war heute noch nicht im Internet gewesen. Bruno hob das Haupt und blinzelte verschlafen, als er mich die Treppe hinaufrennen hörte.

Während der Rechner startete, las ich die Karte ein drittes Mal. *Ich sehe keinen Ausweg.* Ich öffnete mein Mailprogramm.

Nichts. Keine Nachrichten bis auf die üblichen Spam-Mails. Ich klickte mich in die *Tiefbaupraxis* und suchte ungeduldig nach Postings von Rademann – auch hier nichts, nur altes Zeug. Isabel, Eva, Rieger und Ullerbek hatten sich seit dem Wochenende ebenfalls nicht blicken lassen, nur Niki war aktiv und versuchte, eine Diskussion über Salman Rushdie anzustoßen. Das war alles.

Was zum Teufel hätte ich erfahren haben sollen? Und wie? Was sollte ich entschuldigen? Was hatte Rademann tun müssen? Widerstrebend gestand ich mir ein, dass der Satz *Ich sehe keinen Ausweg* nicht viel an Deutlichkeit zu wünschen übrig ließ.

Ich suchte in meinem Telefonverzeichnis nach Niki. Sie saß vermutlich direkt neben ihrem Apparat am Schreibtisch, denn sie hob nach dem ersten Klingeln ab. Sie freute sich sichtlich, meine Stimme zu hören, und war umso erschrockener, als sie den Grund meines Anrufs erfuhr. Nein, Rademanns Nummer hatte sie auch nicht, aber sie hatte die von Thomas Rieger – und der hing doch dauernd mit Rademann zusammen. Der bittere Ton der letzten Bemerkung entging mir nicht. Während Niki Rieger zu erreichen versuchte, nahm ich mir das Hamburger Telefonbuch vor. Rademänner gab es erwartungsgemäß etliche, aber es gab nur einen Josef. Ich schrieb mir Nummer und Adresse raus.

Bevor ich wählen konnte, rief Niki zurück: Rieger melde sich weder in seiner Wohnung noch am Handy. Ich sagte ihr, ich sei bereits fündig geworden, dann rief ich bei Rademann an. Dort ging niemand an den Apparat, obwohl ich es so lange klingeln ließ, bis das Besetztzeichen kam. Mir blieb nichts anderes übrig als hinzufahren. Also sagte ich rasch Niki Bescheid, gab ihr Rademanns Nummer und steckte mir ihre ein.

Da ich nicht wusste, wie lange ich unterwegs sein würde, nahm ich den Hund mit. Bruno liebte es, im Auto mitzufahren. Bevor ich den Motor anließ, suchte ich Rademanns Adresse auf dem Hamburger Stadtplan. Ein Altonaer Seitensträßchen. Draußen regnete es immer noch Bindfäden. Das Dorf war abgesehen vom Durchgangsverkehr wie ausgestorben. Kaum hatten wir das Ortsschild hinter uns, schloss Bruno schon wieder die Augen. Wenn es nichts Interessantes zu erleben gibt, schlafen Hunde einfach – ob sie müde sind oder nicht. Es macht ihnen nichts aus, ihr Leben zu verdösen, sie nutzen die Ereignislosigkeit unbekümmert zum behaglichen Daliegen und werden zu ihrer eigenen Zentralheizung. Sie entwickeln so viel Wärme, dass sogar die feuchte Nase trocknet.

Der Verkehr auf der Autobahn hielt sich in Grenzen. Nach kaum einer Dreiviertelstunde hatte ich die Elbbrücken erreicht. Ich nahm die Amsinck-Straße, dann die Ost-West-Straße bis zum Millerntorplatz. Nicht ganz schlüssig, wie ich am besten weiterkommen sollte, fuhr ich dort rechts in die Budapester, dann links in die Stresemannstraße und bog schließlich von dieser nach Süden ab. Mit dem Stadtplan auf dem Lenkrad bekam ich es dann ziemlich schnell hin, mich total zu verfransen.

Es dauerte gut zwanzig Minuten, bis ich endlich die richtige Straße und das richtige Haus gefunden hatte, und weitere fünfzehn Minuten, bis ich einen Fleck fand, auf dem ich den Wagen abstellen konnte. Gern ließ ich ihn da nicht allein; falls sich jemand an ihm zu schaffen machte, würde Bruno allerdings ein gewaltiges Theater veranstalten. Natürlich hatte ich wieder keinen Schirm dabei. Gegen die Nässe von unten hätte der freilich eh nichts genützt; überall standen riesige Pfützen, und mit jedem Sprung auf eine der wackligen

Gehwegplatten konnte man sich einen Wasserstrahl ins Hosenbein hinein bis ganz nach oben schießen.

Das Haus war schäbig. Ein schmutziggrauer Altbau, bröckelnder Stuck, schlierige Scheiben, von den Fensterrahmen abblätternde Farbschichten. Die Namensschilder auf der abgewetzten Klingelleiste waren kaum lesbar. Auf dem obersten fand ich schließlich ein verblasstes *Rademann*. Ich drückte den Knopf. Keine Reaktion. Ich probierte die Haustür; sie war nicht verschlossen. Im dämmrigen Flur roch es nach Essen. Als ich auf der steilen Holztreppe den obersten Stock erklommen hatte, war ich außer Atem. Hier oben gab es weder ein Namensschild noch eine Klingel. Ich klopfte und rief laut Josefs Namen. Keine Antwort. Die Tür hatte statt eines Knaufs eine normale Klinke. Ich drückte sie herunter: nicht abgeschlossen. Ich rief nochmals, wieder vergebens, also ging ich hinein. Ich stand in einer verwohnten Mansarde, vor mir ein Esstisch mit drei Stühlen. Gelb gerauchte Vorhänge, ein Garderobenständer mit dem Mantel und der Jacke, die Josef am Wochenende getragen hatte, in einer Ecke eine Aufstell-Duschkabine, an allen anderen senkrechten Wänden Bücherregale, unter der Schräge ein Computertischchen mit einem Apple Performa darauf. Vor dem Fenster ein winziger Balkon, rechts eine kleine Küche, schmutziges Geschirr. Rechts neben der Küche führte eine Tür in eine Toilette. Über dem Waschbecken ein Allibert-Schränkchen mit halbblinden Spiegelscheiben. Wie konnte ein Mensch von Rademanns geistigem Format so leben?

Ich wandte mich der Tür gegenüber der Küche zu. Beim Öffnen leistete sie leichten Widerstand. Ein Schlafzimmerchen; auch hier die Wände voller Bücher und Zeitschriften, ein französisches Bett, ein Nachttisch, ein Kleiderschrank. Und – ein Gartengrill. Ein billiges Blechding, wie man es im

Sommer in jedem Baumarkt bekommt. Der dicken Rostschicht nach hatte es bereits ein paar Jahre lang draußen auf dem Balkon gestanden. Durch mein Eintreten geriet die abgestandene Luft in plötzliche Bewegung, und aus dem Holzkohlebecken flogen feine Ascheflocken auf. Unter dem Fenster lag Josef Rademann. Er hatte nur ein Paar Boxershorts an und war kleiner und dünner denn je. Die leblos ausgestreckten, mageren Arme und Beine erinnerten an Pinocchio. Am nacktesten kam mir aber sein Gesicht vor. Er trug seine Brille nicht, daran lag es. Und er war tot.

Das war es also tatsächlich, wofür mich der verrückte Kerl um Entschuldigung gebeten hatte. Gestern noch mein Gast, heute unhöflicherweise tot – das gehörte sich in seinen Augen nicht.

Mein Magen zog sich zusammen. Wie es aussah, brauchte ich nur um eine beliebige Ecke zu biegen, um auf eine Leiche zu stoßen. Anders als Nawrot hatte Rademann die Augen geschlossen, Gott sei Dank. Mir wurde schwindlig. Bevor ich merkte, dass ich weiche Knie bekam, saß ich auch schon auf dem Boden. Wieder erhoben sich kleine Ascheflöckchen. Kohlenmonoxid, begriff ich, er hat sich mit Kohlenmonoxid umgebracht. War Kohlenmonoxid nicht schwerer als Luft? Kohlenmonoxid sammelte sich doch auf dem Boden und bildete einen tödlichen See aus Gas! Oder war das Kohlendioxid? Mein Hirn mühte sich vergebens, die Situation zu verarbeiten. Nebenan klingelte das Telefon. Ich erhob mich schwankend. Dabei stieß ich mit dem Fuß auf etwas Weiches. Ein nasses Handtuch. Rademann hatte die Türritze mit einem nassen Handtuch abgedichtet, um sicherzugehen, dass keine Frischluft reinkam. Durch das Öffnen der Tür war es ins Zimmer hineingeschoben worden. Unter dem Türschlitz sahen lange Fransen hervor. Das Telefon. Ich ging zurück in den Wohnraum, doch ehe ich nach dem Hörer greifen konnte, verstummte es.

Mir war übel, aber es war wohl nur der Schock, dem ich meinen Schwächeanfall zu verdanken hatte. Ich riss die Balkontür weit auf und atmete tief durch, dann nahm ich mir einen von den Stühlen und setzte mich. Der Wind fegte in heftigen Stößen den Regen herein. Das konnte Rademann nun auch egal sein.

Als ich mich leidlich gefangen hatte, ging ich wieder zu ihm hinüber. Über den leblosen Körper hinweg öffnete ich auch hier das Fenster, doch das war keine gute Idee, denn erst war es kaum aufzukriegen, und dann wirbelte der höllische Durchzug die Asche aus dem Grill sofort durch die ganze Mansarde. Als ich es wieder zu hatte, war die Luft voller grauer Schwebeteilchen, die sich überall abzusetzen begannen. Es kostete mich einige Überwindung, Rademanns Puls zu fühlen. Da war rein gar nichts. Sein Arm fühlte sich schlaff und kalt an. Ich machte, dass ich wieder aus dem Zimmer kam. Das Telefon stand im Wohnraum auf dem Computertischchen neben dem Performa. Ich wollte hingreifen, aber dann besann ich mich anders, nahm mein Handy und wählte damit den Notruf.

Danach verließ mich jedes Zeitgefühl. Ich hatte die Balkontür wieder geschlossen, saß völlig erledigt auf dem Stuhl und sah zu, wie die Ascheteilchen sich setzten, an den feucht gewordenen Oberflächen festklebten, auf den Regalen, den Büchern, auf dem Fußboden, dem Esstisch. In unregelmäßigen Abständen dudelte Rademanns Telefon in die Stille, aber ich fasste es wohlweislich nicht an. Irgendwann hörte es auf. Die Platte des Esstischs vor mir war aus Resopal. Ich hatte so was seit Ewigkeiten nicht mehr gesehen. Zuletzt bei meinen Eltern in der Küche, als ich noch ein Kind war. Was tat ich, Paul Nickel, Musiker und Schnulzendichter, hier in dieser Mansarde mit einem Toten? Was hatte ich überhaupt mit Josef Rademann zu tun? Ich wusste so gut wie nichts über ihn – nicht mal, womit er sein Geld verdient hatte. Ich hatte seine Beiträge in der *Tiefbaupraxis* bewundert, ich hatte ihn am Wochenende als eigensinnigen, witzigen Gesellschafter erlebt, aber seine Niedergeschlagenheit bei der Abfahrt war ebenfalls spürbar gewesen. Sie sprach auch aus dem Abschiedsbrief, den er mir geschrieben hatte: *Ich danke Dir für Deine Bereitschaft, selbst einem Verrückten wie mir das Gefühl zu vermitteln, dass Du ihn magst.* Wieso hatte er angenommen, ich sei nur höflich gewesen? Ich hatte ihn tatsächlich gemocht.

Mein Blick fiel auf den Apple-Rechner. An dem hatte Rademann bestimmt nicht nur seine Kommentare für die *Tiefbaupraxis* geschrieben, sondern auch alles andere, was für sein Leben und für seine Arbeit wichtig gewesen war. Wahrscheinlich hatte er ihm sogar seine persönlichsten Gedanken und Gefühle anvertraut. Die kleine LCD-Anzeige über dem Monitor leuchtete. Ich hielt den Atem an. Es war, als hätte sich nebenan der Tote bewegt: der Computer war noch eingeschaltet! Er war nur im Ruhezustand, deshalb war der Bildschirm dunkel. Ich stand rasch auf und tippte auf die Leertaste. Gespannt erwartete ich, die Apple-Schreibtischoberfläche mit dem Symbol der internen Festplatte erscheinen zu sehen. Es dauerte einen Moment, dann wurde ich enttäuscht. Auf dem hell werdenden Monitor erkannte ich den Bildschirmhintergrund von *Symantecs Norton Utilities.* Das aktive Programm war *Wipe Info.* Es hatte seine Arbeit beendet, was bedeutete, dass die Festplatte des Rechners jetzt ebenso tot war wie Rademann selbst. Er hatte jedem Blick in seine persönlichen Notizen vorgebeugt, indem er den

Computer von der CD-Rom aus gestartet und dann die interne Harddisc gelöscht hatte – und zwar so radikal, dass garantiert nichts mehr von den ursprünglichen Daten übrig war. Die waren jetzt zuverlässig mit sinnlosen Einsen und Nullen überschrieben. Rademann hatte mit seinem Leben überaus gründlich abgeschlossen. Klar, dachte ich, als Selbstmörder hätte ich's auch nicht anders gemacht.

Ich wollte mich wieder auf den Stuhl fallen lassen, als ich Stimmen auf der Treppe hörte. Es waren zwei Polizeibeamte. Ich ließ sie ein und erklärte, dass ich es war, der sie gerufen hatte. Dann zeigte ich ihnen die Leiche.

»Na, das geht ja noch«, meinte der ältere der beiden fachkundig, »Kohlenmonoxid. Haben wir eher selten. Erhängte sind schlimmer.« Er nickte seinem Kollegen zu und rief eine weitere Polizeidienststelle an, um Verstärkung anzufordern.

Der jüngere wies auf die überall verteilten Ascheflocken und sagte zu mir: »Gelüftet haben Sie schon, ne? Gut. Das Gas musste ja raus.« Er sah sich in der Wohnung um, suchte in Josefs Jacke nach dessen Brieftasche und studierte die Personalien.

Ich musste die meinen angeben und Fragen beantworten. In welchem Verhältnis hatte ich zu dem Toten gestanden, wann war ich in die Wohnung des Toten gekommen, warum war ich gekommen, wie war ich reingekommen, kannte ich Angehörige des Toten, die verständigt werden müssten und so fort. Als nächsten Angehörigen nannte ich Thomas Rieger.

Die angeforderte Verstärkung erschien, ein freundlicher Beamter mit grauen Schläfen und schlecht sitzender Zahnprothese. Nachdem er seine Kollegen begrüßt hatte, gab er mir die Hand und stellte sich vor: »Böhm, Landeskriminalamt, Leichen- und Vermisstenstelle.«

Auch er sah sich gründlich um, begutachtete insbesondere den Toten. Auf Josefs Nachttisch fand er neben Josefs Brille eine halb leere Packung Valium, außerdem einen Taschenspiegel. Er hob ihn auf und roch daran.

»Tja«, sagte er schließlich zu seinen Kollegen, »nach Fremdverschulden sieht das nicht aus. Irgendwo ein Abschiedsbrief?«

Ich hob die Hand. »Ich hab einen bekommen.«

Böhm ließ ihn sich zeigen. Als er gelesen hatte, sah er mich an, nickte und wies auf das schäbige Mobiliar in der Mansarde. »Wie gesagt, das sieht ziemlich eindeutig aus; die Lebensumstände, Valium, Kohlenmonoxid, Abschiedsbrief.« Er klopfte auf das Kärtchen: »Das gehört Ihnen, aber ich muss es trotzdem erst mal behalten. Wenn die Sache abgeschlossen ist, können Sie es gegen Empfangsbekenntnis wiederhaben.« Er steckte die Karte sorgsam weg.

Das passte mir überhaupt nicht, obwohl ich nicht hätte sagen können warum. Böhm stellte mir noch einmal dieselben Fragen wie seine Kollegen. Auch er sprach von Josef nur als dem »Toten«. Schließlich war ich entlassen. Ich hatte den Türgriff schon in der Hand, da kam mir eine Idee.

»Sagen Sie, Herr Böhm – spricht irgendwas dagegen, dass Sie mir von dem Abschiedsbrief eine Kopie faxen? Auf die Art habe ich wenigstens etwas in der Hand.«

Er zuckte die Achseln. »Warum nicht. Die Nummer?«

Ich gab sie ihm, dann beeilte ich mich, zum Auto zu kommen, weil ich mir Brunos wegen Gedanken machte. Der lag jedoch noch genauso da, wie ich ihn zurückgelassen hatte, und schlief fest. Als ich die Beifahrertür öffnete, gähnte er mit weit aufgerissenem Fleischwolf, stakste ins Freie und hob an der nächstbesten Ecke ausgiebig das Bein.

Während ich im Wagen auf ihn wartete, wurde mir klar, wer vorhin so ausdauernd bei Rademann angerufen hatte: vermutlich Niki. Sie wusste schließlich, wo ich hinwollte. Ich fummelte mein Handy aus der Tasche und merkte, dass meine Finger zitterten.

Diesmal ließ sie nicht mal den ersten Rufton ausklingen: »Ja? Was ist los?«

Sie war ebenso geschockt wie ich. Trotzdem oder gerade deshalb erleichterte es mich, mit ihr zu sprechen. Ich berichtete ihr lange und ausführlich, wir telefonierten noch während der Rückfahrt eine ganze Weile.

»Es ist komisch«, sagte ich, »ich hab ihn kaum gekannt, nur aus der *Tiefbaupraxis* und vom Wochenende, trotzdem hab ich das Gefühl, ich hätte einen wichtigen Freund verloren. Ich hab gar nicht so viele, weißt du, ich bin eher ungesellig – aber ich hab im Hinterkopf so was wie einen festen Kreis von Leuten, die zu meinem Leben gehören und die ich nicht missen möchte, auch wenn ich manche von ihnen so gut wie nie sehe. Und jetzt ist plötzlich einer weg.«

»So ungefähr geht's mir auch.«

Ich musste an Rieger denken. »Der arme Thomas. Den wird es hart treffen.«

Sie sagte nichts.

Ich nahm die Autobahn Richtung Elbtunnel und musste fast im selben Moment sehen, dass das ein Fehler war: Da wartete ein riesiger Stau. Ach, auch egal. Ich nahm den Faden wieder auf: »Ein seltsames Paar, die beiden, nicht? Der eine ein betuchter Windhund, der andere ein mittelloses Genie und wohnt unterm Dach wie der Spitzweg'sche Poet. Ich begreife nicht, wie ein Mann mit Josefs Intellekt so ärmlich leben kann.«

»Vielleicht war's ihm egal. Thomas war es ja wohl auch egal.«

Da war er wieder, der verletzte Unterton, der immer durchklang, wenn sie von Rieger sprach.

»Wie lange waren die beiden zusammen?«, fragte ich.

»Ich weiß es nicht genau. Viele Jahre jedenfalls. Mit Unterbrechungen.«

Jetzt wollte ich's wissen. »Mit Unterbrechungen?«

Sie holte tief Luft. »Thomas ist nicht ... das heißt, er steht schon auf Männer – aber nicht nur. Und vor ein paar Monaten waren er und ich ... also zumindest dachte ich, wir wären. Aber er hat das nicht so ernst genommen. Wieso auch. Ich meine – so tief ging's ja wirklich nicht. Er hatte immer mal Freundinnen.«

Oh weh. Es war nicht zu überhören, wie tief es bei ihr gegangen war. Nachdem das Gespräch diese Wendung genommen hatte, war ich froh, als ich in den Tunnel einfahren konnte und die Verbindung abriss. In der Röhre verbrachte ich eine zähe Dreiviertelstunde, und als ich endlich wieder ans Licht kam, schüttete es in einem fort bis Niederholt.

Dort hätte ich mich am liebsten gleich an meinen Schreibtisch, vor den Rechner oder sonst wo im Haus verkrochen, doch jetzt musste sich Bruno wirklich austoben. Nach der langen Autofahrt war er kaum zu halten. Schon während ich das Regenzeug anzog, donnerte er im Flur auf und ab, draußen dann schoss er wie eine Kanonenkugel ins Weite. Es wurde eine sehr große, stürmische und nasse Runde, und sie tat mir ebenso gut wie dem Hund.

Meine chaotisch kreisenden Gedanken kamen indessen nicht zur Ruhe. Abends hing ich vor dem Fernseher, ohne wahrzunehmen, was ich sah. Ich trank die zweite Flasche Burgunder, fühlte mich beduselt, todmüde und hellwach. Schließlich ging ich ins Bett, konnte aber befürchtungsgemäß nicht einschlafen. Nachdem ich mich lange genug hin und her gewälzt hatte, stand ich wieder auf, zog einen Bademantel an und ging nach oben. Ich konnte mir das Geschehene nicht aus dem Kopf schlagen, also war es wohl besser, ich setzte mich damit auseinander.

Die *Tiefbaupraxis* war in hellem Aufruhr. Niki hatte die schlimme Nachricht gleich nach unserem Telefonat gepostet. Trauer und Bestürzung herrschten vor, durchwachsene Reaktionen kamen von den Leuten, denen Josef in der Vergangenheit auf die Zehen getreten war, und davon gab es eine Menge. So merkte Ullerbek an, Rademann sei schon lange verbittert und zynisch gewesen (was purer Blödsinn war – Josef hatte boshaft und bissig geschrieben, aber stets ausgesprochen witzig). Den sonst üblichen Sarkasmus verkniffen sich freilich jetzt alle. Einige diskutierten über das Recht des Menschen auf Freitod, andere nutzten die Gelegenheit, sich ins Thema Depressionen zu verbeißen. Nur ein einziger Beitrag fiel aus dem Rahmen. Er war von Eva Pawlak. Völlig zusammenhanglos schrieb sie:

Man darf sich nicht mit Kriminellen einlassen, die hinter dem Rücken flüstern und einem was wollen. Sondern aufpassen und die Augen aufhalten dann hört man alles sogar nachts. Jetzt ist er leider tot.

So was war typisch für sie. Meist blieben ihre Postings unbeantwortet; sie waren viel zu ungereimt, um größeres Interesse oder Widerspruch zu wecken; zudem beschäftigte sie sich gern mit Esoterik, mit Ufos, Verschwörungstheorien und der »anderen Welt«, was niemand ernst nahm. Mitunter räumte sie nüchtern ein, von alldem sei natürlich nichts bewiesen, um gleich im nächsten Satz hinzuzufügen, wissen könne man es nicht. Dass sie insgeheim selbst daran glaubte, war nicht zu übersehen, doch Gleichgesinnte fand sie nie. Ihr bizarrer Kommentar zu Rademanns Tod stieß auf völliges Unverständnis.

Der Rettungswagenfahrer schrieb nur:

Hä?????

Der Werbetexter wurde für seine Verhältnisse außergewöhnlich deutlich:

Eva, du magst meinetwegen sonst so viel abstruses Geschwätz unter dich lassen, wie es dir passt – ich muss es ja nicht unbedingt lesen. Bezüglich dieses Todesfalls solltest du deine drei Hirnwindungen aber bitte unter Kontrolle bringen.

Dem konnte ich nur zustimmen. Kurz nach eins merkte ich, dass mir vor dem Bildschirm die Augen zufielen, und machte, dass ich wieder ins Bett kam.

Diesmal hatte ich Glück und konnte schlafen. Bis halb vier.

6. Kapitel

Nachts war der Lärm der Klingel noch höllischer als tagsüber. Anfangs hatte ich im neuen Haus, wenn ich mit aufgedrehtem Verstärker Gitarre spielte, nicht hören können, wenn jemand an der Tür war. Deshalb hing jetzt in vielen Räumen ein Gong. Die Dinger gingen alle gleichzeitig los und spielten die Big-Ben-Melodie – laut, verzerrt und mit leicht unterschiedlichen Tonhöhen. In das fürchterliche Geräusch mischte sich Brunos Alarmgebrüll aus dem hinteren Flur. Bevor ich noch ganz bei Bewusstsein war, hatte ich die Füße schon vor dem Bett und machte Licht. Die Klingel verstummte, Bruno bellte weiter. Als ich ihn herausließ, schoss er sofort quer durchs Haus zum Eingang, wo er mit gesträubtem Nackenfell stehen blieb und knurrte. Ich band meinen Bademantel zu, dann griff ich mit einer Hand nach dem Halsband und öffnete mit der anderen die Tür.

Eva! Ohne zu zögern warf sie sich auf die Knie und fiel Bruno um den Hals. Dabei machte sie ein kurzes Geräusch wie ein trockenes Schluchzen. In der Auffahrt stand mit laufendem Motor ein Taxi, daneben der dunkelhäutige Fahrer, die Hand auf dem Dach. Er sah mich an und sagte: »Moin. Siebendreißig Maak?«

»Moment.« Ich holte meine Brieftasche, ging zu ihm raus und gab ihm zwei Zwanziger. Er deutete auf das Mädchen und zuckte entschuldigend die Achseln.

»Ist schon in Ordnung«, sagte ich.

Er tippte sich mit zwei schwarzen Fingern an die Stirn. »Firma dankt. Denn man tschüss und guten Morgen.«

Während sich der Wagen entfernte, stand ich leicht benommen im Dunkeln und betrachtete Eva, die im Schein der

Flurleuchten neben dem Hund kniete. Sie hatte keinen Mantel an. Sie trug nur ein dünnes T-Shirt und eine Jogginghose. Und die Schuhe an ihren Füßen waren Hausschuhe.

»Na, kommt, ihr beiden.« Ich half ihr auf und schloss die Haustür hinter uns. Meine Berührung schien ihr unangenehm zu sein. Ich ließ ihren Arm los. »Was ist passiert?«

Sie hob widerstrebend die Augen und starrte auf die Brusttasche meines Bademantels. Ihre Lippen bewegten sich lautlos.

Ich suchte ihren Blick: »Was – ist – los, Eva?!«

Sie öffnete den Mund, sah mich an, und im selben Moment verschwand jeder Ausdruck aus ihrem Gesicht. Ihre Schultern sackten herab, ihre ganze Haltung signalisierte nichts als Leere, absolute Leere.

Was sollte ich tun? Ich fühlte mich selber leer und müde. Ich ging voraus in das Zimmer, in dem sie am Wochenende gewohnt hatte. Sie folgte mir stumm. Ich gab ihr Handtücher und überprüfte, ob die Fenstertür abgeschlossen war. Dann löschte ich das Flurlicht, ging nach unten und fiel wieder ins Bett.

Das nächste Mal wurde ich erst wieder von Annelieses Staubsauger wach, der vor meiner Tür auf und ab brummte. Er holte mich aus einem unangenehmen Traum, in dem Herr Koretzki die Hauptrolle spielte. »Warum bezahlst du einen Steuerberater, wenn du nicht auf ihn hörst?!«, fuhr er mich ungewohnt barsch an, und während ich über seine Frage nachdachte, merkte ich, dass ich es selbst war, der sie laut gerufen hatte. Die Antwort kannte ich auch: Ich benutzte Koretzki als Alibi. Statt mich der Wirklichkeit zu stellen, gab ich ihm Geld. So konnte ich mir wider besseres Wissen das Gefühl verschaffen, am Ordnen meiner Verhältnisse werde gearbeitet. Dabei kannte ich in Wahrheit selber genug

Musiker, denen das Finanzamt ihren plötzlichen Reichtum im Handumdrehen in völligen Ruin verwandelt hatte.

»Hören Sie, Herr Koretzki«, erklärte ich ihm immer, wenn er das Thema ansprach, »Sie wollen mir doch nicht schon wieder erzählen, es wär gerecht und legitim, mir die einmaligen Einnahmen für einen einzigen Erfolgstitel so zu besteuern, als wär ich vorher nicht mein Leben lang am Existenzminimum entlanggeschrammt! Was red ich: unterm Existenzminimum! Legen Sie meinen großartigen Gewinn doch mal auf die letzten zwanzig Jahre um, dann werden Sie sehen, was das Finanzamt dann noch für Ansprüche zu stellen hat! Gar keine! Die müssten mir noch was rausgeben! Nachzahlung, Zahlung, Vorauszahlung – alles gequirlte Scheiße! Jeder Steuerinspektor ist unterm Strich reicher als ich, das müssen Sie denen mal klar machen!«

An der Stelle wackelte Herr Koretzki meist wie zustimmend mit dem Kopf, aber wenn er dann aufsah, war das Nicken ein Kopfschütteln, und in seinen melancholischen Kuhaugen war so viel tragische Erfahrung zu lesen, dass er nichts mehr zu sagen brauchte. Verdammt, der Mann hatte recht! Als Erstes musste ich endlich mal meine Unterlagen zusammensuchen und sortieren. Zweitens durfte ich keine Minute zögern, mich um neue Einnahmen zu bemühen, ich musste meine alten Verbindungen nutzen, Produzenten anrufen, ich musste dringend meine unveröffentlichten Titel an den Mann bringen, solange mein Name noch nach Erfolg klang. Und vor allem musste ich aufhören, meine Zeit im Internet totzuschlagen oder mir gar den Kopf über irgendwelche Nawrots und Rademänner zu zerbrechen, die mich im Grunde gar nichts angingen. Ich musste mich von sämtlichen störenden Einflüssen freimachen und neue Songs schreiben. Das war's, was ich musste!

Jäh fiel mir Eva ein, und ich fiel resigniert ins Kissen zurück. Wie kam das Mädchen dazu, mitten in der Nacht bei mir zu klingeln? Wieso erschien sie in Hausschuhen und ohne Mantel? Und ohne Geld? Wieso konnte sie nicht wenigstens sagen, was los war? Hatte sie sich »mit Kriminellen eingelassen, die hinter ihrem Rücken flüsterten und ihr was wollten«? Sie musste tatsächlich eine mächtige Meise haben. Das hatte mir gerade noch gefehlt, eine Verrückte im Haus. Dieser Kussmund, der ständig unhörbare Worte formte, die verkrampften Floskeln, wenn sie tatsächlich mal was sagte, die langen Beine, die einander nur im Weg zu sein schienen, die wirre, rote Mähne, das gespenstisch starre Lächeln, die unsicheren Augen, das fleckige Kleiderchaos! Was, wenn sie einfach nicht mehr aus ihrem Zimmer herauskam? Ich würde Anneliese bitten müssen, ein paar Sachen für sie zu besorgen – Wäsche und Zahnbürste und weiß der Himmel, was Frauen sonst noch alles brauchen.

Der Staubsauger hatte sich heulend vor meiner Tür festgefressen. Entweder war dort ein besonders hartnäckiger Fleck oder Anneliese musste unbedingt Neuigkeiten loswerden. Wäre es eine Nachricht für mich gewesen, hätte sie einfach geklopft oder das Haustelefon benutzt, also ging es um etwas anderes. Meine Neugier regte sich. Ich stand auf und verfügte mich ins Bad.

Als ich eine halbe Stunde später in die Halle kam, stand mein Frühstück auf dem Tisch, und Anneliese stand mit hochrotem Kopf daneben. Sie platzte beinahe, aber ich wusste, dass sie von sich aus nichts sagen würde. Ich musste schon erst fragen.

»Morgen«, sagte ich, und dann beiläufig, während ich mich setzte, »na, irgendwas Neues?«

Sie stemmte die Arme in die Hüften und holte tief Luft. »Sie ham ihm!« Drei Worte – und jedes einzelne ein Shakespeare-Drama. Sie atmete geräuschvoll aus.

Ich sah sie fragend an. »Wer hat wen?«

»Die Polizei! Sie ham ihm!«

»Wen haben sie?«

»Du, das glaubst du nicht! Gestern Nachmittag seh ich, wie der eine Polizist, der Fick, ne, wie der mit ein'n Kollege nachn Jugendzentrum hinfährt mit sone grüne Minna. Und die Jugendlichen, die haben da alle untern Dach gestanden, weil es ja so geregnet hat. Und denn sind die Polizisten raus und haben die einfach eingesammelt und mitgenommen! Ich sag noch zu Heinrich, Heinrich, sag ich, wenn da mal nicht was in'n Busch ist! Weil Herbert Nawrot, der hat ja auch genau an der Stelle neben den Jugendzentrum tot in'n Bach gelegen, Paul, und das weiß die Polizei ja auch! Ich sag, pass auf, denk an meine Worte, Heinrich, da ist was in'n Busch! Ja, und denn abends, da sind denn zwei von die Jugendlichen im Gasthof gekommen, Kevin Hohmann und Dirk Meyer, und was soll ich dir sagen – ich hatte genau recht!«

»Womit?«

»Ja, pass auf: Fick und der andere, die haben die Jugendlichen alle inner Kreisstadt aufm Revier gebracht und haben die da denn einzeln verhört. Kevin und Dirk sagen, sie hätten nix gesagt, aber einer oder eine von die annern müsste ja was gesagt haben, weil auf einmal hätten die Bullen gewusst, dass in'n Jugendzentrum einer damit angegeben hätte, er hätte Nawrot nachts ›aufer Fresse gehauen‹.«

»Wer?« Mir war klar, dass ich die Antwort erst am Schluss der Geschichte bekommen würde, aber ich war gespannt, und außerdem gehörten Zwischenfragen zum Ritual. »Wer hat denn damit angegeben, er hätte Nawrot auf die Fresse gehauen?«

»Ja, pass auf: Kevin und Dirk, die sagen, erst hätten sie noch gesagt, sie wüssten von nix, also, dass sie so was nie gehört hätten. Aber dann hätte dieser Fick gesagt, die annern hätten bezeugt, dass sie ja dabei waren, wie das erzählt worden ist, und dass sie das sehr wohl gehört hätten, und sie sollten sich mal gut überlegen, mit was sie da hintern Berge halten, wenn es nämlich um ein'n Mord geht!«

»Und da haben sie es zugegeben.«

»Erst nicht, aber am Ende denn doch, weil ein Mord wär ja nun mal kein harmloser Streich oder so was, und dann hätten sie es eben gesagt.«

»Und wer wars?«

»Das glaubst du nicht!«

»Also, wer nun?«

»Das glaubst du nicht!«

Ich hob die Brauen: »Wer!«

Jetzt kam der Knaller. Sie holte wieder tief Luft. »Sean Marvin Potthölter!«

Meine Reaktion enttäuschte sie. Der Name war mir völlig fremd.

»Doch«, sagte sie, »doch, den kennst du – Sean Marvin! Sean Marvin Potthölter! Den sie alle ›Macke‹ nennen! Der wohnt vorne anne Wittholter Straße, hat immer so ganz kurze, blonde Haare, 'ne richtige Glatze!«

Vor meinem geistigen Auge erschien der rennende Schemen, der am Freitagabend in meinem Garten aufgetaucht war. Ich nickte nachdenklich. »Und dieser Macke hat den Mord an Nawrot gestanden?«

»Das weiß ich nu nicht. Sie haben ihm jedenfalls nicht wieder rausgelassen! Und Kevin Hohmann und Dirk Meyer, die sagen, Macke hätte am Samstag angegeben wie'n Sack Sülze, dass er Nawrot im Dunkeln aufe Nuss gehauen hätte und ihn son Karate-Kick verpasst und so. Und Macke hätte auch sone schwarze Terroristen-Wollmütze, und'n Messer hätt er auch, sagen sie, das hätte er andauernd rumgezeigt und sich dicke getan, wem er bald alles absticht damit.«

»Aber warum hat er Nawrot angegriffen? Aus welchem Grund?«

»Warum? Weil Macke sein Onkel, das ist doch Peter Matthiesen! Und dem hat Herbert doch in'n Rat selber angegriffen und wollte verhindern, dass der anne Grotholter Straße Bauland macht!«

Ich goss mir Kaffee ein und dachte über die Nachricht nach. Dabei fiel mir ein, was ich mir vorhin beim Aufwachen vorgenommen hatte: kein Kopfzerbrechen mehr über Leute, die mich nichts angingen, keine störenden Einflüsse mehr, sondern neue Songs! Ich schlug mir an die Stirn: »Beinah hätte ich's vergessen, Anneliese – Eva Pawlak ist wieder da.«

Sie verdrehte die Augen: »Die Verklemmte, ich weiß.«

»Wieso?«

Sie deutete mit dem Daumen nach oben: »Dein Hund ist schon den ganzen Morgen da oben vore Tür.«

»Seit vier Uhr früh vermutlich. Da ist sie nämlich angekommen.«

»Nee, wa?! Und was wollte sie?«

»Da musst du sie schon selber fragen. Sie hat geklingelt und stand da in T-Shirt und Hausschuhen. Gesagt hat sie kein Wort.«

»Kein' Mantel, mitten inne Nacht und nicht mal was gesagt? Du, hör mal, meinst du nicht, die ist n bisschen ...« Anneliese sah nach oben und flüsterte: »Also, ganz normal ist die doch nicht, oder?«

»Sicher nicht. Erst dachte ich, sie ist arrogant, dann dachte ich, sie wär nur schüchtern. Aber schüchtern ist was anderes. Bei ihr ist es fast, als ob sie ständig Angst hätte, fürchterliche Angst vor allem und jedem. Außer vor Bruno. Sie traut sich nicht mal, einem in die Augen zu sehen. Verfolgungswahn vielleicht. Könnte natürlich auch sein, dass sie einen Grund hat, sich bedroht zu fühlen. Ist schließlich so einiges passiert seit Freitag.« Ich erzählte von Rademann.

Anneliese schlug die Hand vor den Mund: »Der kleine Dünne mit der Brille? Der an'n Wochenende noch hier war? Der Witzige? Der ist auch tot? Nee, du, das gibt's ja wohl nicht!« Sie ließ sich auf einen Stuhl fallen und riss die Augen auf. Dann wollte sie Einzelheiten wissen.

Während ich von der Fahrt nach Hamburg berichtete, von der schäbigen Dachwohnung, dem rostigen Holzkohlengrill, von der mageren Leiche in den gestreiften Boxershorts und von der gelöschten Festplatte, kam mir das Ganze immer unwirklicher vor. Oder nein, nicht unwirklich, eher irrational, unlogisch, widersinnig. Wieso hatte Rademann sich umgebracht? Schön, er war am Wochenende nicht nur fröhlich gewesen; es hatte ernste Momente gegeben. Wirklich bezeichnend für ihn war jedoch sein bissiges Grinsen gewesen, waren seine selbstironische Haltung und seine Diskussionsleidenschaft. Hatten wir nicht alle – er selbst eingeschlossen – ständig über seine Einfälle lachen müssen? So einer bringt sich doch nicht plötzlich um. Und wenn, dann bestimmt nicht auf diese Weise. Rademann war nicht der Typ für einen sang- und klanglosen Abgang. Es war doch unmöglich, dass ein selbstbewusster, brillanter Schreiber wie er all seine Texte löschte und nichts hinterließ als einen banalen Abschiedsbrief von ein paar Zeilen. Einen Brief ausgerechnet an mich! Wäre er nicht viel eher Thomas

Rieger Rechenschaft schuldig gewesen, seinem Lebenspartner?

»Stimmt«, sagte Anneliese. »Sein ... Freund, der Hübsche mit den blauen Augen, der hat bestimmt einen ganz langen Brief gekriegt.«

Ich sah sie überrascht an. Sie hatte recht. Was ich erhalten hatte, war nur eine höfliche Notiz; den eigentlichen Abschiedsbrief hatte natürlich Rieger bekommen.

Anneliese verschränkte die Arme. »Was ist? Du hast schon schlauere Gesichter gemacht, Paul!«

Ich seufzte und stand auf. »Recht hast du, Anneliese.« Ich bat sie, eine Zahnbürste für Eva rauszulegen, sie zu fragen, was wir sonst noch für sie tun könnten, und eine kleine Runde mit Bruno zu drehen. Dann ging ich nach oben in mein Arbeitszimmer. Dort rief ich Niki an, um mir Thomas Riegers Nummer geben zu lassen. Während ich wählte, sah ich in der Ferne am Peerbeek immer noch verschwommen die rot-weiß gestreiften Absperrbänder der Polizei flattern. Niki war wie immer sofort am Apparat. Nach ihrer gestrigen Offenheit erschien sie jetzt ein wenig gehemmt. Bevor ich sie ausgerechnet auf Rieger ansprach, versuchte ich, sie abzulenken, indem ich die Geschichte von Evas nächtlichem Auftauchen zum Besten gab und meinen Zustand kurz nach dem Wecken anschaulich beschrieb. Sie lachte tatsächlich laut auf: »Du Armer. Ein gewisses Maß an Eigenartigkeit steht jedem zu, aber Eva geht zu weit, finde ich. Und sie hat wirklich nichts gesagt?«

»Kein einziges Wort. Sie spricht nicht.«

Wir stellten Mutmaßungen darüber an, was mit ihr los sein könnte. Dass sie Probleme hatte, war klar. Bei ihrer Attraktivität hätte sie selbstbewusst und gelassen sein müssen; stattdessen war sie wahnsinnig unsicher, gehemmt, verkrampft. Ich musste daran denken, wie sie gestern Nacht auf meine beharrliche Frage reagiert hatte, was passiert sei. Ihr weißes Gesicht war so erschreckend leer geworden, als sei dahinter überhaupt niemand mehr zu Hause.

»Aber dumm ist sie nicht«, meinte Niki. »Was sie schreibt, wirkt wirr, doch wenn man genau hinsieht, erkennt man klare Vorstellungen dahinter. Nur, dass die sich ständig um irgendwelche esoterischen Ideen drehen.«

»Ich weiß, sie glaubt an Außerirdische, an Engel, Kobolde, an geheime Verschwörungen ...«

»Vielleicht ist sie selbst ein Kobold!«

»Wie meinst du das?«

»Vielleicht ist sie selber einer. Ein Kobold. Ein Troll!«

Wir schwiegen eine Weile. Ich dachte laut. »Du hast recht. Ein Troll. Das ist durchaus eine Möglichkeit. Eva glaubt an Verschwörungen und finstere Mächte. Erol auch. All seine obskuren Andeutungen über Rademann und die dunklen Vorwürfe! Vielleicht war er für Erol – oder Eva – ein Hexenmeister oder so was. Oder das Böse schlechthin. Boshaft war Josef ja nun mal.« Ich musste unwillkürlich grinsen.

Niki lachte bitter. »Allerdings. Andererseits ... ist Eva wirklich jemand, der sich mal eben locker unter verschiedenen Namen in ein Internetforum einloggt, um Streit zu suchen und Leute zu provozieren? Nee.«

»Vielleicht hat sie von Natur aus mehrere Identitäten. Vielleicht ist sie komplett schizophren und paranoid und hört Stimmen!« Das sollte belustigt klingen.

»Die sind nur *im* Kopf«, hörte ich Eva hinter mir sagen. »Die Stimmen sind nicht draußen, sie sind nur *im* Kopf. Es sind überhaupt gar keine Stimmen, es sind nur laute Gedanken.«

Ich erstarrte. Ohne mich umzudrehen, bat ich Niki übergangslos um Riegers Nummer.

»Was ist?«, fragte sie, und als ich nicht antwortete: »Ist sie da?«

»Ja.«

»Oh Scheiße.« Sie diktierte mir Riegers Nummer, wir legten auf.

Eva räusperte sich. »Verschwörungen gibt es doch, das ist doch bewiesen! Sehr viele sogar.« Das klang fast theatralisch. »Außerirdische gibt es vielleicht nicht, aber das man kann nicht wissen. Es ist jedenfalls ... interessant. Das ist alles. Punktgenau wissen kann man es nicht.«

Ich drehte mich zu ihr um. Sie sah aus, als habe sie in ihren Kleidern geschlafen. Obwohl sie zu Boden sah, deutete sie meinen Blick richtig.

Es war Kermit der Frosch, der leiernd weitersprach: »Das Anklopfen war zu leise. Bitte die Störung vielmals zu entschuldigen. Es war nur ... weil die Frau Sachen gebracht hat, Zahnbürste, Waschsachen. Und sogar gefragt, ob sie Kleider bringen soll. Auch für das Taxigeld gestern Nacht recht vielen herzlichen Dank.« Die Kermitstimme ließ die Floskeln doppelt hohl klingen.

»Keine Ursache«, antwortete ich zurückhaltend. In Wahrheit hatte Eva allen Grund, mir zu danken, und vor allem, dachte ich, sei dringend eine Erklärung fällig. »Du bist willkommen, Eva. Allerdings wüsste ich schon ganz gern ...«

Ihr Körper krümmte sich leicht vornüber, die rechte Hand krampfte sich über dem Magen zusammen. Mir wurde klar, dass die Frage wiederum zu keiner Auskunft führen würde, und was ich auf keinen Fall noch mal sehen wollte, war die grausige Leere in dem schönen Gesicht. Als sie vorhin über Verschwörungen und Außerirdische gesprochen hatte, hatte sie sich fast lebhaft angehört, also schlug ich einen Haken und beendete den Satz anders als vorgesehen: »... allerdings wüsste ich selbst gern ein bisschen über diese Sachen. Engel, meine ich, laute Gedanken und so weiter. Im Ernst. Mein Dickschädel ist leider nicht sehr sensibel für so was.«

Eine leichte, hoffnungsvolle Röte stieg in ihre Wangen, zugleich ein Anflug von Argwohn. Ein rascher, misstrauischer Blick streifte mich. Als sie merkte, dass ich nicht grinste, mich nicht über sie lustig machte, ließ ihre Anspannung nach. Dann nahm ihr Gesicht einen sachlichen Ausdruck an, und als sie sprach, war auch ihre Stimme anders, immer noch laut und distanziert, aber es war ihre eigene. Es klang, als spreche sie vor einem Seminar. »Wie gesagt, nichts ist bewiesen, aber das Gegenteil auch nicht. Man kann es nicht wissen. Jedenfalls ist es sehr interessant.« Wieder ein prüfender Blick.

Ich vermied es, ihr direkt in die Augen zu sehen und deutete ein Nicken an.

»Die Naturwissenschaft«, sagte sie, »die ganzen Naturwissenschaftler tun so, als ob die Welt eine Maschine wäre, wo jedes Rädchen in ein anderes greift, und jeder Zusammenhang ist punktgenau nachvollziehbar – und wenn nicht, dann wird irgendwann in der Zukunft ja doch alles noch erforscht. Die Welt ist aber keine Maschine, sie ist viel zu kompliziert, und wenn die Naturwissenschaft irgendeine neue Erklärung findet, ist es trotzdem noch lange nicht erklärt, weil es tauchen immer neue Fragen auf, hinter jeder Antwort gibt es ja immer neue Fragen. Und es gibt Sachen, die kann man physikalisch überhaupt gar nicht erforschen. Wie soll man Telepathie physikalisch punktgenau erforschen? Oder Wahrträume oder Erinnerungen an frühere Leben oder laute Gedanken und Engel – das kann man physikalisch nicht erforschen. Menschen sind ja auch keine Maschinen! Bloß leider, wenn sie denken, die Welt wäre eine Maschine, dann wollen sie auch so funktionieren. Das ist krank. Dann ist die Gesellschaft krank. Andy Warhol wollte eine Maschine sein, der Künstler. Das war krank. Und solche Krankheiten – die kann man schon gar nicht physikalisch erforschen. Und spirituelles Heilen auch nicht.«

Der letzte Satz klang trotzig. So viel hatte ich sie noch nie reden hören. Und das war erst der Anfang. Während sie fortfuhr und über Psychokinese, Geistwesen und das zweite Gesicht sprach, versuchte ich deutliches, aber nicht übertriebenes Interesse zu zeigen; ich ahnte, dass der argwöhnische Blick mich immer wieder streifte. Hin und wieder stellte ich eine Frage, wobei ich darauf achtete, allgemein zu bleiben und nichts Persönliches anzusprechen. So schlich ich um den heißen Brei herum und hoffte, unter all den fixen Ideen werde vielleicht eine Bestätigung für Evas zweite Identität als Erol aufblitzen, doch nichts dergleichen geschah. Vielleicht war sie zu gründlich durch das gewarnt, was sie von meinem Telefonat mitbekommen hatte. Sie redete über den Totenkult der Kelten, über die »andere Welt«, über Erdstrahlen, Energiewellen, die Bruderschaft der Schlange, Marienerscheinungen, und obwohl sie die ganze Zeit sehr überzeugt klang, hatte ich den Eindruck, als wisse sie insgeheim, dass nichts von alldem echt war, als steigere sie sich bewusst hinein, als lasse sie sich nur zu gern mitreißen, dankbar für jeden Ausweg aus einer unbeherrschbaren, beklemmenden Lebenswirklichkeit.

Draußen brummte ein Motor, dann hörte man Stimmen im Haus. Wenig später klopfte es, und Anneliese erschien. Sie strahlte Eva an: »Unser Florian hat ein paar Sachen zum Wechseln gebracht von Tanja, seine Freundin.« Florian war Annelieses großer Sohn.

»Vielen Dank.« Eva war so abweisend, dass es schon fast beleidigend war, aber Anneliese war nicht in der Stimmung, eingeschnappt zu sein. Sie wollte das Besorgte vorführen, und Eva blieb nichts anderes übrig, als ihr zu folgen. In der Tür drehte sie sich kurz um und sagte zu mir nicht weniger unterkühlt: »Recht vielen herzlichen Dank noch mal.« Die rote Mähne flog, und weg war sie.

Ich atmete auf. Zu meiner eigenen Überraschung war ich froh, kein Anzeichen dafür gefunden zu haben, Eva könnte Erol sein. Nicht, dass ich sie mochte. Mögen konnte man sie nicht. Aber hinter ihrer Unnahbarkeit war sie offenbar so unglücklich, so einsam, von so viel Argwohn und so vielen Ängsten gequält, dass ich mir wünschte, ich könnte ihr helfen. Vielleicht hatte das Gespräch eben ein wenig Vertrauen geschaffen.

Was sie mitten in den Nacht zu mir getrieben hatte, wusste ich freilich immer noch nicht.

* * *

Es war kurz vor acht Uhr abends, als ich vom Jungfernstieg abbog, um mich mit Thomas Rieger zu treffen. Seine Nummer hatte ich gar nicht mehr gebraucht – er hatte mich angerufen.

»Hallo, Paul. Niki hat mir gesagt, dass du mich erreichen willst, aber ich hätte mich sowieso gemeldet.« Seine Stimme war kaum wiederzuerkennen gewesen, sehr heiser und leise. »Ich würd gern mit dir reden. Es ist ... du hast ihn gefunden, Paul, du hast ihn gesehen, du weißt, wie ... verstehst du, ich würd's einfach gern wissen. Ich meine: Du warst da! Würdest du mir davon erzählen?«

»Aber ja! Das ist doch keine Frage!«

»Dann lass uns heute Abend zusammen essen und reden. Sag mir einfach, was du am liebsten magst, und ich sag dir das beste Restaurant dafür. Ich lad dich ein.«

»Unsinn. Hör zu, ich komm gerne raus, aber lass mich das Lokal aussuchen, sonst muss ich die halbe Nacht mit dem Stadtplan auf dem Lenkrad die City abklappern. Kennst du den Italiener in der Großen Bleichen? Im ersten Stock?«

»*Il Ristorante*, ja. Meinst du, du kommst mit deinem Hund da rein?«

»Der bleibt sowieso im Wagen – die wirksamste Wegfahrsperre, die es gibt.«

Es dauerte, bis ich einen Parkplatz gefunden hatte, aber schließlich hatte ich Glück. *Il Ristorante* war eher bei älteren Semestern gefragt. Gerade deswegen mochte ich es. Es war ruhig dort, kein Szenezirkus, kein aufdringlich lautes Gequatsche an den Tischen, keine italienischen Schnulzen im Hintergrund, sondern leise Barmusik und ausgezeichnetes Essen. Ich trat ein und blickte mich um. In einer Ecke am Fenster saß ein junges Paar, das sich ebenso lebhaft wie lautlos unterhielt. Es war das erste Mal, dass ich so etwas bewusst wahrnahm. Mimik und Gestik der beiden befanden sich in unentwegter, angeregter Bewegung, unzählige Hand- und Fingerstellungen wechselten in fließender Eleganz. Der Mann saß halb mit dem Rücken zu mir, aber die Augen des Mädchens konnte ich im Licht der Tischkerze lachen und leuchten sehen. Ich musste an Rademanns Disput mit Ullerbek denken und gab Ulle nachträglich recht: Die Bezeichnung taubstumm passte absolut nicht. Das Paar faszinierte mich so, dass ich Thomas Rieger erst bemerkte, als er mir zuwinkte.

»Hallo, Paul!« Er saß an einem Tisch weiter hinten. Über seiner Stuhllehne hing eine staubig-feuchte Jacke aus schwarzem Leder, vor ihm auf dem Tisch lagen ein schwarzer Helm und Bikerhandschuhe. Er sah müde und traurig aus. »Bin den ganzen Tag ziellos durch die Gegend gefahren«, erklärte er. Er nahm den Helm und die Handschuhe fort und legte sie unter seinen Stuhl. »Setz dich. Hab von Niki gehört, dass du ungebetenen Besuch hast.«

»Ungebeten und überfallartig.«

»Und weißt nicht mal warum, wie?«

»Ich hab keinen Schimmer. Aber was soll ich machen – sie hat einfach vor der Tür gestanden.«

»Bist ein echter Samariter.«

Der Kellner brachte die Speisekarten. Rieger warf nur einen kurzen Blick hinein und bestellte einen Teller Spaghetti und eine Flasche Montepulciano. Ich nahm Mineralwasser, einen grünen Salat und Lamm.

»Schmeiß die Kuh raus«, sagte Rieger. Unter den blauen Augen lagen tiefe Schatten. »Achtkantig. Die gehört in die Klapsmühle.« Er zog ein Päckchen Zigaretten aus der Tasche und hielt es mir hin. Ich lehnte ab, er zündete sich eine an, stützte beide Ellbogen auf den Tisch und beugte sich weit vor: »Wieso warst du gestern bei Josef?«

»Hat dir das Niki nicht erzählt?«

»Niki? Nein.« Er verzog den Mund. »Über Josef spricht Niki nicht mit mir. Wieso warst du bei ihm?«

»Ich hatte einen Brief von ihm in der Post. Eine Art Abschiedsbrief.«

»Was?!« Er war plötzlich blass. »Ein Abschiedsbrief? Du hast einen Abschiedsbrief von ihm?«

»Hast du etwa keinen?!«

Er schüttelte den Kopf. Er musste sich tief verletzt fühlen. »Was hat er geschrieben?«

Ich hatte Rademanns Kärtchen oft genug gelesen, um den Text wiedergeben zu können:

»Wenn du diesen Brief bekommst, wirst du mich schon nicht mehr mögen. Du wirst es erfahren haben, wirst dich unfreiwillig in Mitleidenschaft gezogen sehen – und das hast du nicht verdient. Ich kann dich nur um Entschuldigung bitten. Was ich tun muss, ist jedoch unumgänglich; ich sehe keinen Ausweg.«

Riegers Kopfschütteln wollte gar nicht mehr aufhören. »Kann ich ihn sehen?«

»Die Polizei hat ihn, tut mir leid. Ich hab keine Ahnung, warum Josef ausgerechnet an mich geschrieben hat, Thomas.«

Er war fassungslos. Ich musste den Wortlaut noch zweimal wiederholen.

»Ich sehe keinen Ausweg«, murmelte Rieger, »Ich sehe keinen Ausweg. Keinen Ausweg woraus? Wieso hat er mir nichts gesagt? Wieso hat er dir geschrieben und mir nicht?! Bin ich etwa nicht ›in Mitleidenschaft gezogen‹?«

Der Kellner brachte den Wein, Rieger machte deutlich, er wolle nicht erst probieren, und ließ sich das Glas vollschenken. Dann trank er in großen Schlucken. Seine Augen waren feucht. »Ich versteh's nicht, Paul. Es ist unbegreiflich. Ich kann immer noch nicht glauben, dass er tot ist.«

»Soll ich erzählen?«

»Bitte!«

Ich berichtete von Anfang an. Wie ich vergebens geklingelt hatte, wie ich die Wohnung betreten hatte, die Schlafzimmertür aufgeschoben hatte. Ich berichtete von dem rostigen Holzkohlegrill, den fliegenden Ascheflocken, den nassen Handtüchern. Die Leiche beschrieb ich nicht in allen Einzelheiten, alles andere schon. Rieger hing an meinen Lippen. Ich schilderte, wie ich die Fenster geöffnet hatte, wie ich die Polizei gerufen und untätig neben dem klingelnden Telefon gewartet hatte. Als ich von der gelöschten Festplatte erzählte, schloss er die Augen.

»Scheiße! Er hat nie Back-ups gemacht«, sagte er. »Er hat so viel tolles Zeug geschrieben, und jetzt ist alles weg. Er hat nie Sicherungskopien gemacht! Jetzt gibt es nur noch das bisschen, was im Internet von ihm herumfliegt, und er selber ist weg, tot, am Arsch. Scheiße, ich kann nicht glauben, dass er das getan hat, Paul! Weißt du, woran ich als Erstes gedacht hab? An den Troll! An Erol, die dreckige, kleine Ratte! Ich will wissen, wer sich hinter dem Namen versteckt! Ullerbek vielleicht, der verbohrte Idiot. Der hasst Josef seit Monaten! Wie oft hat er versucht, ihm in der *Tiefbaupraxis* ans Bein zu pissen, und jedes Mal musste er den Schwanz einziehen, lächerlich gemacht bis auf die Knochen!« Rieger redete sich in Rage. »So was hat ein eisenharter Fallschirmjäger nicht gern, oder? Da verschanzt man sich vielleicht schon mal hinter einem falschen Namen und rächt sich mit Verleumdungen, gegen die sich das Opfer nicht wehren kann, wenn es den Troll nicht auch noch füttern will!«

Das Essen kam. Rieger drückte seine vierte Zigarette aus und ließ sich Wein nachschenken. Er trank, dann stieß er wütend die Gabel in die Spaghetti.

»Ullerbek! Vielleicht aber auch die liebe, kleine Niki mit dem schneeweißen Seelchen, die den ganzen Tag nichts anderes zu tun hat, als die Welt zu heilen. Ich kenn das Mädel ein bisschen besser, weißt du. Wir waren mal eine Zeit lang zusammen. Ich hab nie ein Geheimnis draus gemacht, wie ich gestrickt bin, sie hat immer von Josef gewusst. Sie hat von vornherein *alles* gewusst, aber sie hat natürlich versuchen müssen, mich zu ändern – so, wie sie ständig versucht, die Welt zu verbessern. Aber ich bin nicht zu ändern! Ich kann mich nicht ändern, und ich will es auch nicht! Und dafür hat sie Josef verantwortlich gemacht. Sie hat gewusst: Josef ist wichtig für mich, er ist vermutlich der wichtigste Mensch in meinem Leben überhaupt. Aber ich brauchte nur seinen Namen zu erwähnen, und schon gab's eine Szene, einen Höllenauftritt! Für so viel Gift und Galle ist Hass noch eine harmlose Bezeichnung. Frag mich mal, ob Niki versuchen würde, ihn mit Dreck zu beschmeißen und ihm das Leben zur Hölle machen!«

»Würde sie?«

Sein Ja war ein heftiges, tiefes Ausatmen, und es hätte nicht überzeugter und nicht überzeugender klingen können. »Im Übrigen ist da ja auch noch unser verwirrtes Evchen«, fuhr er fort. »Ist dir das mal aufgefallen: Evas Postings unterscheiden sich in ihrer Substanz und Qualität kein bisschen von Erols Absonderungen. Durchgeknallte Mutmaßungen, absurde Behauptungen, dunkle Vermächtnisse, Stimmen aus dem Jenseits, energetische Ohrkerzen und Quarkmasken bei Vollmond.« Er lehnte sich zurück und rieb sich die Augen. »Aber jetzt ist das eh alles nicht mehr wichtig. Josef ist tot.«

Er sah mich so eindringlich fragend an, als hoffe er wider jede Vernunft, ich könnte die Nachricht noch widerrufen.

»Ja«, sagte ich. »Er ist tot.«

Als wir gegen zehn auf die Straße traten, schwankte Rieger kaum merklich. Er hatte die Flasche allein ausgetrunken. Sein Motorrad stand direkt vor dem Lokal. Er bestieg es und setzte den Helm auf. Ich legte eine Hand auf den Lenker:

»Willst du wirklich noch fahren?«

Er startete den Motor, dann schob er das Visier hoch. »Keine Sorge, Junge. Die paar Blocks nehm ich langsam, aber sicher.« Ein knappes Winken, das Visier schloss sich wieder, und er glitt auf der sonor schnurrenden Maschine davon.

Ein paar Häuser weiter ließ ich Bruno kurz ins Freie und gab ihm Gelegenheit, bei Cartier und Bulgari jeweils an die Ecke zu pinkeln. Auf der Heimfahrt überfiel mich eine dieser Stimmungen, die mich sonst nur in schlaflosen Nächten überrollen, wenn mir ein ungelöstes Problem nach dem anderen einfällt, bis der Druck auf der Brust mir schier den Atem nimmt. Die *Tiefbaupraxis*, hatte ich das Gefühl, war dabei, mich zu ersticken. Ich hatte einen großen Fehler gemacht, als ich sie in mein Haus holte. Lauter interessante Leute, aber lauter Leute mit Problemen – und Probleme hatte ich selbst genug. Ich hätte lieber auf den melancholischen Koretzki hören und mich um meine Steuer kümmern sollen. Was hatte ich mit Ullerbeks Minderwertigkeitskomplexen und seinem tief sitzenden Hass auf Rademann zu tun? Mit Isabel Schneiders beruflichem Absturz? Mit Nikis bitter enttäuschter Liebe und Riegers Verzweiflung über den Tod seines Freundes? Riegers großzügige Einladung hatte damit geendet, dass ich die Rechnung bezahlte. Und zu Hause wartete eine Verrückte auf mich. War ich bei Trost gewesen, Eva Pawlak in meinem verschuldeten Aquarium mit all meinen teuren Gitarren, Aufnahmegeräten, Computern und Privatsachen allein zu lassen? Unvermittelt wurde mir klar, dass ich mir um all das eigentlich gar nicht so große Sorgen machte. Es war Eva, um die ich Angst hatte. Sie war Hals über Kopf zu mir geflüchtet – und was immer auch der Grund für ihre Flucht gewesen war, es gab ihn mit Sicherheit noch immer. Ich trat aufs Gas. Zum Glück regnete es nicht, und die Straßen waren frei. Die letzten Kurven vor dem Dorf nahm ich mit fliegendem Puls, erst beim Peerbeek wurde ich langsamer.

Das Haus war dunkel, doch im Licht der Autoscheinwerfer konnte ich schon von weitem sehen, dass die Haustür sperrangelweit offen stand. Ich bremste direkt davor, dass der Kies spritzte. Bruno stürmte wider Erwarten nicht hinein, sondern nahm schnuppernd die Außentreppe auf die umlaufende Terrasse. Ich selbst rannte sofort durch den Flur in die Halle. Kaum hatte ich dort Licht gemacht, kam mir der Hund von oben entgegen – demnach musste im ersten Stock eine Außentür offen stehen. Ich sah prüfend um mich, doch alles war wie immer; abgesehen davon, dass es kalt und zugig im Haus war, konnte ich keine Veränderung erkennen. Ich ging zur Treppe und blieb ruckartig stehen: Auf den Stufen waren Blutspuren. Sie glänzten ganz frisch. Pfotenabdrücke! Es waren frische, blutige Pfotenabdrücke! Bruno musste in eine Blutlache getreten sein. Mit einigen wenigen Sprüngen hastete ich nach oben. Auch die Tür zu Evas Zimmer stand weit offen. Bevor ich hineinging, blieb ich abermals stehen und holte tief Luft. Dann trat ich langsam über die Schwelle und machte Licht.

Niemand war im Raum. Eines der Betten war benutzt. Auf einem Stuhl lagen Evas T-Shirt und die Jeans, die sie bei ihrer Ankunft getragen hatte, die fadenscheinigen Hausschuhe standen davor. Einer der eisernen Klappstühle, die den Sommer über draußen standen, lag in einem Meer von Glassplittern auf dem Teppich vor der Fenstertür. Jemand musste ihn von außen durch die Scheibe geworfen haben. Ich sah ins Bad – auch dort niemand. Das Einzige, was sich im Haus bewegte, war der Vorhang vor dem offenen Fensterloch.

Der Schnitt in Brunos linker Hinterpfote war nicht groß, aber tief. Ich badete sie gründlich in Betaisodona, was er sich brav gefallen ließ. Bruno hatte grundsätzlich nichts gegen Körperpflege; gebürstet zu werden beispielsweise genoss er, rekelte sich dabei und brummte. Baden ließ er sich nicht so gern, aber ein warmes Tauchbad für eine einzelne Pfote nahm er gelassen in Kauf. Die Blutung hatte aufgehört, die Wunde war gereinigt, mir fiel nichts ein, was ich im Augenblick noch hätte tun können. Ein Pflaster hätte nicht gehalten, einen Verband hätte er sofort wieder abgerissen. Ich gab ihm so energisch wie möglich die Anweisung, sich in seinen Korb zu legen und dort zu bleiben. Seine Wasserschüssel stellte ich ihm direkt daneben. Wenn ich Glück hatte, würde er einschlafen, und ich konnte ihn morgen früh mit sauberer Pfote zum Tierarzt bringen.

Jetzt kontrollierte ich nacheinander alle Räume im Haus, aber ich konnte weder das Mädchen finden noch war irgendwas gestohlen worden. Ich holte die Visitenkarte von meinem Schreibtisch, die Eckermann mir gegeben hatte, setzte mich an die Küchentheke, machte mir eine Flasche Bier auf und überlegte, ob ich ihn anrufen sollte. Was würde ich sagen? Während ich in Hamburg war, hatte jemand bei mir eingebrochen und einen Gast aus meinem Haus entführt. Oder? Was war passiert? Jemand hatte sich in der Dunkelheit meinem Haus genähert. Vielleicht hatte er – oder sie – unten geläutet. Falls ja, hatte Eva bestimmt nicht geöffnet. Oder der Eindringling war ohne Umwege die Außentreppe hochgestiegen. Bestimmt war in Evas Zimmer Licht gewesen, und er hatte sie auf dem Bett liegen sehen. Dann hatte er entweder mit dem Finger an die Scheibe geklopft – oder gleich mit dem Gartenstuhl. Und dann? Hatte er das Mädchen aus dem Zimmer nach draußen gezerrt und fortgeschleppt? Außer ihr war schließlich nichts verschwunden. Nein, er musste mit ihr durchs Haus gegangen sein, sonst hätte die Haustür nicht offen gestanden. Vielleicht war Eva vor der Bedrohung nach unten geflohen, und er hatte sie erst einfangen müssen. Vielleicht ... vielleicht hatte er sie aber auch gar nicht erwischt. Während er noch oben mit dem Stuhl auf die Doppelglasscheibe eindrosch, war Eva womöglich unten schon aus dem Haus gelaufen und in die Nacht entkommen. Ich stellte das Bier weg und marschierte zum Hundekorb.

»Platz, Bruno! Du bleibst im Korb! Platz! Wehe, du bewegst dich! Platz!«

Er tat beeindruckt. Indem ich ihn unter weiteren harschen Ermahnungen im Auge behielt, ging ich rückwärts in den Flur, schließlich nach draußen und zog die Haustür hinter mir zu. Es war windig und nieselte schon wieder. Wenn es Eva gelungen war, ins Freie zu entkommen, musste sie irgendwo hier draußen sein – und zwar barfuß, denn ihre Hausschuhe standen ja noch in ihrem Zimmer. Ich zwang mich, dieselbe gründliche Runde zu drehen wie Freitagnacht, als der Glatzkopf im Garten gewesen war. Mit Bruno an der Seite wäre mir erheblich wohler gewesen. Besondere Überwindung kostete es mich, in der Stille laut nach Eva zu rufen. Antwort bekam ich nirgendwo. Mir wurde kalt. Ich war froh, als ich wieder meinen Ausgangspunkt erreichte. Ich rief noch einmal mit aller Kraft, dann gab ich enttäuscht auf.

Bruno war natürlich nicht in seinem Korb geblieben, sondern wartete hinter der Tür, also badete ich seine Pfote erneut. Dabei fiel mir doch noch ein passender Verband ein: ich holte eine frische Socke, zog sie über das Bein und befestigte sie oberhalb des Fersengelenks mit reichlich Klebeband. Bruno machte ein Schafsgesicht und trat nun mit dem verletzten Fuß nicht mehr auf. Sehr gut. Ich brachte ihn in den hinteren Flur. Das gefiel ihm nicht, aber einmal dort, würde er am ehesten Ruhe geben.

Jetzt löschte ich die Bettlampe in Evas Zimmer und schloss die Tür zweimal von außen ab. Ich verriegelte auch die Haustür, dann ging ich zurück in die Küche zu meinem Bier. Je deutlicher mir die Lage bewusst wurde, desto heftiger kochte ein maßloser Zorn in mir hoch. Irgendwer hatte dreist in meiner Privatsphäre gewütet, oben war alles voller Glassplitter, das Fenster kaputt, die Treppe voller Blut. Ich fühlte mich noch fremder in meinem Aquarium als je zuvor. Ich musste dringend etwas unternehmen – nicht nur, um Dampf abzulassen, sondern vor allem um zu verhindern, dass mir die Situation endgültig über den Kopf wuchs.

Kurz entschlossen wählte ich Eckermanns Handynummer. Er meldete sich erst nach langem Klingeln. Im Hintergrund war ein Fernsehgerät zu hören. Ich hatte Zweifel gehabt, ob er die Sache ernst nehmen würde, doch er tat es. Er wollte zwar wissen, ob Eva den Schaden nicht vielleicht selbst angerichtet und sich aus dem Staub gemacht haben könnte, aber meine Besorgnis überzeugte ihn: »Ich komme.«

Während ich auf ihn wartete, tigerte ich in der Halle auf und ab und versuchte, meine Gedanken zu sortieren. Am liebsten wäre ich ins Arbeitszimmer gegangen, um mir Notizen zu machen, aber ich würde ja doch gleich wieder unterbrochen werden. So kreiselten die Eindrücke der letzten Tage ungeordnet hinter meiner Stirn. Rademann, Rieger, Eva, die ganze verdammte *Tiefbaupraxis*, der Nazi im Garten, Nawrot und nicht zuletzt Koretzki und das Finanzamt. Es war, als habe sich eine Gewitterwolke zusammenhangloser Katastrophen just über meinem Haupt festgesetzt. Das auffälligste Moment in dem Chaos war Eva. Sie war auffällig, sie verhielt sich auffällig, sie war offenbar vor irgendwem zu mir geflohen und nun gar entführt worden. Warum?

Zwei Autoscheinwerfer leuchteten die Auffahrt entlang. Bevor der Big-Ben-Gong durchs Haus scheppern konnte, ging ich rasch zum Eingang.

Eckermann entstieg dem Wagen allein und ohne Aktentasche. Er war in keiner guten Stimmung, trotzdem war seine Begrüßung nicht unfreundlich. Er wies auf die Haustür: »Die stand auf, als Sie nach Hause kamen?«

Ich nickte und ging voraus. Vor der Treppe blieb er stehen und musterte die Pfotenabdrücke.

»Das Blut ist vom Hund«, sagte ich, »er hat sich geschnitten.«

Er folgte mir nach oben, wobei er die Spuren sorgfältig umging. Ich schloss Evas Zimmer auf und knipste die Deckenbeleuchtung an. Zu den Glassplittern war einiges an vorherbstlichen Blättern hereingeweht.

»Schöne Bescherung«, sagte Eckermann. Er zeigte auf den Stuhl und die Hausschuhe. »Die Sachen da sind von Ihrer Freundin, und andere Schuhe hat sie nicht hier?«

»So ist es.«

»Im Haus haben Sie überall nach ihr gesucht, sie ist ganz sicher und ohne jeden Zweifel weg?« Keine Feststellung, sondern eine Frage.

Ich nickte mit Nachdruck. »Ja. Und gestohlen worden ist auch nichts.«

»Nichts? Wie können Sie da so sicher sein? Haben Sie alles überprüft? Geld? Wertgegenstände? Papiere? Irgendetwas, was die Dame zum Stehlen gereizt haben könnte?«

»Bargeld war keines hier, und meine Wertsachen sind das Haus, die Einrichtung, meine Gitarren und ein paar Aufnahmegeräte. Alles noch da.«

»Wie steht's mit Ihrem geistigen Eigentum? Sie sind doch Komponist und Texter. Haben Sie schon mal daran gedacht, dass die Frau Ihre Abwesenheit genutzt haben könnte, um Ihnen Ideen zu stehlen? Ihre Lieder? Vielleicht hat sie irgendwelche Tonbänder mitgenommen oder in Ihrem Computer gestöbert und Kopien auf Disketten gemacht.«

»Ich hab Hunderte von DAT-Cassetten in meinen Schränken; völlig ausgeschlossen, dass sich da ein Fremder drin zurechtfindet. Und was die Texte betrifft – auf meinen Festplatten und in meinen Aktenordnern und Heftern sieht's noch viel wüster aus.« Mein Steuerchaos fiel mir ein, und es gab mir einen Stich. Ich wandte mich rasch wieder dem Thema zu. »Außerdem ist Eva Pawlak nicht der Typ, der mich bestehlen würde.«

Er sah mich mitleidig an. »Ein durch und durch ehrliches Mädchen, wie? Hören Sie, Herr Nickel, Sie haben gesagt, Sie kennen die Person aus dem Internet. Woher wollen Sie wissen, dass sie nicht einen Freund angerufen hat, einen Komplizen? Die beiden haben einen Einbruch vorgetäuscht, haben irgendetwas Wertvolles eingesackt, was Sie im Augenblick bloß noch nicht vermissen, und sind einträchtig in seinem Wagen weggefahren.«

Ich schüttelte den Kopf. »Ganz sicher nicht. Ich behaupte nicht mal, dass die Frau ehrlich ist – ich nehme es zwar an, aber ich weiß es nicht. Wenn ich sage, sie ist nicht der Typ für so was, dann meine ich: Sie ist dazu einfach unfähig. Sie ist ... sie ist nicht ganz normal.«

»Wie bitte?!« Eckermann traute seinen Ohren nicht. »Nicht ganz normal? Eine Verrückte! Eine Irre, die Sie in Ihrem Haus allein lassen, wo sie mit Eisenstühlen um sich schmeißt, um anschließend barfuß in den Wald zu rennen! Und deswegen holen Sie mich vom Fernseher weg?! Na bravo!«

Nebenan wuffte Bruno und kratzte an der Tür.

»Platz!«, brüllte ich wütend. »Aus!« Und zu Eckermann: »Jetzt mal langsam – Eva Pawlak ist keine rasende Wahnsinnige, sie ist nur irgendwie ... irgendwie nicht in der Lage, mit anderen Menschen persönliche Kontakte zu schließen. Sie hat Angst vor anderen. Sie besteht im Grunde nur aus Unsicherheit und Angst.« Ich wurde unwillkürlich lauter: »Und wie es aussieht, hatte sie für ihre Angst sogar einen ziemlich guten Grund!«

Offenbar war mir anzumerken, dass ich selber Angst um sie hatte. Eckermann seufzte. »Na schön, Herr Nickel. Also, ich lass ihretwegen jetzt nicht die Spurensicherung anrollen, dass das mal klar ist. Außer einer kaputten Fensterscheibe gibt's ja gar nichts zu sehen. Ich kann Ihnen höchstens morgen jemanden vorbeischicken, der den Einbruch aufnimmt. Aber ich hab noch eine andere Idee. Wenn ich Sie recht verstehe, befürchten Sie, Ihrer Freundin könnte irgendwo da draußen was passieren oder passiert sein. Wissen Sie, was wir machen? Wir lassen einen Hund kommen.«

Während er schon in sein Handy sprach, begriff ich. Die Idee war gut. Ein trainierter Spürhund würde Eva auch im Dunkeln finden können. Ich musste nur dafür sorgen, dass Bruno ihn nicht ablenkte.

»Was haben Sie für eine Hausnummer?«, wollte Eckermann wissen. Ich nannte sie ihm, er beschrieb dem Hundeführer den Weg (»Fragen Sie notfalls irgendwen nach dem Aquarium«) und legte auf.

»Er kommt. Zufrieden?«

Ich nickte. »Wenn wir sie finden.«

»Wünschen Sie sich das mal nicht zu sehr. Sie sind ja wohl Spezialist für unerfreuliche Entdeckungen.«

»Was?! Wie meinen Sie das?«

»Wie schon!« Seine Brauen hoben sich. »Haben Sie ein Bier?«

»Oh ja!« Mein Hals war plötzlich trocken. Ich holte zwei Flaschen aus dem Getränkekühlschrank und brachte Gläser. Herbert Nawrot war nicht die erste Leiche gewesen, die ich in Niederholt gefunden hatte, aber hoffentlich die letzte. Und der Mörder war ja wohl gefasst. Ich stellte das Tablett auf den großen Esstisch und goss ein. »Setzen Sie sich, Herr Eckermann. Sagen Sie – was ist mit Ihrer Morduntersuchung? Sie haben den Täter, oder?«

»Prost.« Er trank einen tiefen Schluck. »Beantworten Sie mir erst eine Frage, dann kriegen Sie eine Antwort auf Ihre.«

»Schießen Sie los.«

»Nawrot wohnt ganz vorn an der Straße. Zusammengeschlagen worden ist er aber in Ihrem Garten, wie die Spurensicherung festgestellt hat. Warum ausgerechnet hier?«

Ich hob die Arme: »Woher soll ich das wissen? Ich hab keine Ahnung!«

»Sehen Sie – wusst ich's doch! Das ist genau die Art von Antworten, mit denen wir uns in dem Kaff hier die ganze Zeit rumschlagen müssen. Und deshalb kann ich Ihnen leider auch nicht bestätigen, dass wir den Mörder haben. Wir stecken nämlich fest.« Er wischte sich den Schaum aus dem Bart. »Wir haben einen Täter, aber das kleine, braune Arschloch gibt nur zu, dass er Nawrot verprügelt hat; darüber hinaus bestreitet er alles. Rotzfrech und verstockt. Ihm ist nur ein bisschen die Hand ausgerutscht, sein Messer hat er schon vor Wochen verloren, und angestiftet hat ihn auch niemand.«

»Und warum ist ihm die Hand ausgerutscht?«

»Das ist nicht seine Schuld, sagte er. Das liege daran, dass diese grünen Umweltschützer immer mehr Ausländer reinlassen, und dann verhindern sie auch noch, dass für deutsche

Familien Bauland gemacht wird. Im Übrigen, sagt er, wär man im Dorf allgemein der Ansicht gewesen, dass endlich mal einer was gegen Nawrot unternehmen müsste.«

»Ein Neandertaler.«

»So sieht's aus.« Er trank einen weiteren großen Schluck. »Und der Bursche ist nicht mal volljährig. Ein paar kleine Schlägereien mit anderen Jugendlichen, ein paar blutige Nasen, ansonsten ist er ein unbeschriebenes Blatt. Der Richter wird ihm ein bisschen mit dem Finger drohen, und das war's dann.«

»Obwohl das Opfer tot ist?«

»Im Zweifel für den Angeklagten.«

»Kommt das nicht auch ein wenig auf das Ausmaß der Zweifel an? Ich meine – sein Onkel ist Peter Matthiesen, und dem hat Nawrot ganz offen mit Bloßstellung gedroht!«

»Fragt sich, was Nawrot überhaupt gegen Matthiesen in der Hand hatte. Wir haben den Gemeinderat nach allen Regeln der Kunst verhört, und alle sagen dasselbe: Nawrots Angriffe waren völlig unverständlich, seine Einwände gegen den Bebauungsplan und die Vorwürfe gegen Peter Matthiesen waren dumm und ungehörig, man reibt sich als Ratsmitglied schließlich auf für das Dorf, man trägt eine schwere Verantwortung, Niederholt darf doch den Anschluss an die Zukunft nicht verpassen, bla bla bla. Und der Gemeindedirektor, dieser Kürschner, deckt das kriminelle Geklüngel und grinst hämisch dazu. Die ganze Bande lügt wie gedruckt.«

»Die können sich ja jetzt auch sicher fühlen, weil Nawrot nicht mehr querschießen kann.«

»Ich seh das so: Es kann sein, dass Nawrot irgendwas wusste, dessentwegen er zum Schweigen gebracht werden musste. Es kann aber genauso gut sein, dass er für seine Anschuldigungen gar keine Beweise hatte – dann konnten sie ihn doch einfach links liegen lassen. In dem Fall brauchten sie auch bloß konsequent zu lügen, und um Nawrots Gerede brauchte sich kein Schwein zu kümmern. Schon gar nicht Matthiesens eigener Neffe.«

»Und was machen Sie jetzt mit dem?«

»Gar nichts. Wir haben ihn laufen lassen.«

Ich sah ihn entsetzt an. In dem Moment schrillte Big Ben los, dass wir beide zusammenfuhren, zugleich begann Bruno im hinteren Flur loszubrüllen.

»Der Hundeführer«, sagte Eckermann.

Wir gingen öffnen. Die beiden Ankömmlinge boten für die Uhrzeit ein überraschend fröhliches Bild. Ein freundlicher, junger Mann mit Brille, ein aufgeweckter Schäferhund mit glänzendem Fell, der erwartungsvoll hechelte. Die beiden verstanden sich offenkundig gut.

Der Hundeführer nickte Eckermann zu, dann gab er mir die Hand: »Liesegang.« Er zeigte auf seinen Begleiter: »Und das ist Apollo. Schönen guten Abend!«

Apollo wedelte aufmerksam, als sein Name fiel, und lauschte mit aufgestellten Ohren auf Brunos Gebrüll. Liesegang horchte ebenfalls und zeigte mit dem Finger ins Haus: »Arbeiten wir da drin?«

»Ich schaffe meinen Hund vorher weg«, sagte ich. »Ich bringe ihn nach hinten.« Zu Eckermann: »Eva Pawlaks Hausschuhe und die Sachen auf dem Stuhl haben Sie ja gesehen. Damit sollte Apollo doch was anfangen können.«

Die Männer nickten. Ich warnte Liesegang vor den Glasscherben, dann beeilte ich mich, zu Bruno zu kommen. Dem passte es überhaupt nicht, dass er dem Zentrum des Geschehens fernbleiben sollte, aber er merkte, dass mit mir im Augenblick nicht zu spaßen war. Ich brachte ihn in den

Heizungsraum und sah nach der Pfote. Die Socke hielt erstaunlicherweise. Eine rote Stelle unten zeigte, dass die Wunde noch ein wenig geblutet hatte, aber der Fleck war sehr klein. Ich kraulte den großen Hundekopf. »Dauert nicht lange«, sagte ich, »mach brav Platz und sei still, dann hol ich dich gleich wieder.«

Um Apollo nicht in die Quere zu kommen, ging ich nicht sofort zurück in die Halle, sondern wartete im hinteren Flur und sah durch die halb geöffnete Tür. Der Spürhund kam mit der Nase auf den Stufen die Treppe herunter, Liesegang war hinter ihm, dann kam in einigem Abstand Eckermann. Apollo zog schnurstracks Richtung Haustür. Ich folgte ihnen. Draußen lief der Hund suchend auf und ab.

»Scheißregen«, sagte Liesegang. »Und an so 'ner Stelle ist immer ein Riesendurcheinander von Spuren.«

Jetzt hatte sich Apollo für eine entschieden. Als ich sah, in welche Richtung er zog, sank meine Zuversicht. Er nahm den Weg, den ich vorhin selbst gegangen war – vielleicht, weil meine Spur von allen die frischeste war. Dann und wann wich er davon ab, sodass bei mir wieder ein wenig Hoffnung keimte, doch er prüfte wohl nur kreuzende Fährten, denn er fand jedes Mal zu meiner zurück.

Nach einer Viertelstunde führte er uns wieder genau dahin, wo wir aufgebrochen waren. Liesegang lobte ihn trotzdem. Er versuchte, ihn nochmals auf Evas Witterung anzusetzen, doch der Hund lief nur wieder nervös auf und ab und landete am Ende neben der Garage bei den Mülltonnen mit all den interessanten Düften, die sich auch Bruno selten entgehen ließ.

Liesegang grinste entschuldigend: »Tja, ein Hund ist auch nur'n Mensch. Tut mir leid – wenn es irgendwo eine eindeutige Spur gibt, dann findet er sie auch. Aber wo nix ist ...«

Eckermann und ich nickten einsichtig. »Das Naheliegendste, sag ich mal«, meinte der Hundeführer, »das Naheliegendste ist, dass die Frau hier in ein Auto gestiegen ist. Ist ja schließlich 'ne Auffahrt. Davon würd ich an Ihrer Stelle mal ausgehen.«

Als Eckermann diesmal nickte, sah er mich an.

Ich zuckte resigniert die Achseln. »Kann ich Ihnen noch ein Bier anbieten?«

Beide lehnten dankend ab. Liesegang machte sich zu Fuß auf den Weg nach Hause; er wohnte im Ort, deshalb hatte er so spät noch vorbeikommen können. Apollo tobte verspielt im Kreis um ihn herum, bis ihm sein Herr einen Stock warf. Die beiden kasperten miteinander herum, während sie sich in der Dunkelheit entfernten.

Eckermann legte mir eine Hand auf die Schulter. »Na, kommen Sie. Die kaputte Scheibe ist zwar ein Rätsel, aber meist gibt es für so was 'ne ganz unspektakuläre Erklärung. Jetzt befreien Sie mal Ihren Braunbären aus seinem Verlies, schließen alles wieder schön ab, und dann überschlafen Sie das Ganze.« Er stieg in seinen Wagen. »Seien Sie man froh, dass wir Ihre Freundin nicht gefunden haben – die ist bestimmt gesund und munter. Sie wird schon wieder auftauchen!« Er ließ den Motor an, nickte mir zu und fuhr los.

* * *

Zurück im Haus überlegte ich, ob es Sinn hatte, ins Bett zu gehen. Quatsch, mir ging viel zu viel durch den Kopf. Ich nahm die Treppe. Oben hätte ich auf dem Weg zum Rechner beinahe übersehen, dass zwei Blätter im Faxgerät lagen. Auf dem ersten war der Briefkopf des LKA Hamburg, *Leichen- und Vermisstenstelle*, als Adressat war ich eingetragen, unterschrieben hatte Böhm. Das zweite Blatt war eine Kopie von Josefs Abschiedsbrief.

Was mich daran irritierte, war die Tatsache, dass nirgendwo Rademanns Name auftauchte. Stattdessen stand unter der Vorgangsnummer *Suizid Josef Triesch*. Es dauerte etliche Sekunden, bis der Groschen bei mir fiel: Rademann war nur ein Nickname gewesen! Nicknames sind im Internet schließlich fast die Regel; in der *Tiefbaupraxis* hatte Josef sich Rademann genannt, im wirklichen Leben hieß er Triesch. Allerdings ... was seltsam war – an seiner Klingel und im Telefonbuch stand auch Rademann. Trotzdem, Triesch musste der echte Name sein, denn die Polizeibeamten hatten Josefs Personalien ja aus den Papieren in seiner Jacke.

Aus den Tiefen meines Unterbewusstseins drängte ein Gedanke hervor. Der Name Josef Triesch sagte mir was. Nein, nicht Josef Triesch, sondern Jo Triesch! Und jählings lag die Lösung für viele Rätsel der letzten Tage vor mir. Mein Kopf summte.

Die Nachricht löste schlagartig eine Kette von Erkenntnissen bei mir aus. Ich wusste plötzlich, wer Rademann war, ich wusste, warum er sich in dieser armseligen Mansarde versteckt hatte, ich verstand die obskuren Anspielungen des Trolls, ich hatte sogar eine Vermutung bezüglich dessen Identität. Aber wie war Erol auf Rademanns wahren Namen gekommen? Warum hatte Rademann sich umgebracht? Wieso hatte er Rieger keinen Abschiedsbrief geschrieben? Wie passten die anderen schrägen Figuren und Ereignisse ins Bild?

Es war vollkommen still im Haus. Lange Zeit stand ich wie elektrisiert vor dem Faxgerät. Dann setzte ich mich selbstvergessen an den Computer. Es war, als hätte ich die Idee zu einem neuen Song. Meine Gedanken rasten in alle

Richtungen, da war bereits eine Art Grundrhythmus, der mir im Kopf umherstampfte, es gab ein erkennbares Leitmotiv, und was ich nun unbedingt brauchte, waren Bilder, Eindrücke, Fakten, die dazu passten, sich darauf reimten.

Trotz meiner Computerbegeisterung hatte ich beim Songschreiben noch nie auf handschriftliche Notizen verzichtet. Ich sammelte stets auf losen Blättern, was mir zu einzelnen Motiven einfiel, um das Aufgezeichnete anschließend zu gewichten und zu ordnen. Damit begann ich unwillkürlich auch jetzt. Ich schrieb wahllos den Besuch der *Tiefbaupraktiker* nieder, die verrückten Nächte, den Nazi im Garten, die bizarre Gemeinderatssitzung, den Leichenfund im Bach, meine Gespräche mit Eckermann, Evas nächtliche Ankunft, den Grill und die Ascheflocken in Rademanns schäbiger Mansarde, das Essen mit Rieger, Evas Verschwinden; ich beschrieb sämtliche Personen, notierte Äußerlichkeiten, Vorlieben, Abneigungen, Angewohnheiten, Auffälligkeiten – einfach alles, selbst die gestreiften Boxershorts des Toten und seine Brille neben dem Taschenspiegel auf dem Nachttisch. Von Zeit zu Zeit ordnete ich die vollgekritzelten Blätter und verschaffte mir einen Überblick. Ich vertraute auf mein Gespür für Dissonanzen einerseits und harmonische Strukturen andererseits, ich wusste, ich würde in dem Wirrwarr logische Muster entdecken, wenn es welche gab.

Zwischendurch klickte ich mich kreuz und quer durch die *Tiefbaupraxis*, um bestimmte Vermutungen zu überprüfen. So stellte ich fest, von wem die Idee zu dem *Tiefbau*-Wochenende bei mir ursprünglich ausgegangen war. Weiter fand ich heraus, dass Erols erstes Auftauchen direkt auf einen Streit zwischen Rademann und Ullerbek folgte. Ulle hatte behauptet, Rademann habe sich unter einem zweiten Namen, einem

Fake, in die *Tiefbaupraxis* eingeloggt, um sich selbst zu applaudieren:

Radi, du musst das Lob ja dringend nötig haben, wenn du dir hier schon selber auf die Schulter klopfst! Kein Wunder, dein Geseier kann einem echt den Nerv rauben.

Rademanns Antwort richtete sich nicht an Ullerbek, sondern an das gesamte Forum:

Liebe Tiefbaupraktiker,

ausnahmsweise muss ich mich entschuldigen. Ich habe tatsächlich ein Fake installiert. Hinter dem (zugegebenermaßen strunzdummen) Namen Klaus Ullerbek steckt kein anderer als Queenie, mein Yorkshire-Terrier. Der machte am Anfang einen ganz gescheiten Eindruck, weshalb ich ihm den Zugang einrichtete; leider hat sich seine Intelligenz aber seit zwei Monaten drastisch zurückgebildet. Konnte er zunächst noch einfache Sätze wie »hol's Stöckchen« oder »pfui, böser Hund, der gute Teppich« verstehen, so postet er heute nur noch infantile Peinlichkeiten wie »Radi, kein Wunder, dein Geseier kann einem echt den Nerv rauben«.

Ullerbeks Reaktion war hilflos:

Was soll das bringen, Radi? Willst du dich immer noch lächerlich machen??

Josef legte umgehend nach:

Seid ihm nicht böse, Leute. Wahrscheinlich ahnt er dumpf, dass er kastriert werden soll; da kläfft er natürlich. Aber was soll ich machen? Dämlichkeit ist nun mal kein Zuchtziel.

Einen Tag darauf war der erste Angriff des Trolls erfolgt. Der hatte zunächst kaum Beachtung gefunden; das Forum hatte viel zu viel Spaß daran gehabt, den schäumenden Ullerbek mit »Queenie« zu titulieren, doch Erols Anfang war gemacht.

Ich druckte die Seiten aus, legte sie auf einen meiner handschriftlichen Stapel und atmete durch. Ich war müde.

Draußen war es schon hell. Nach all dem miesen Wetter kündigte sich ein schönerer Tag an. Dass ein Song im ersten Anlauf nicht fertig wurde, war nichts Ungewöhnliches für mich, es war eher die Regel. Deshalb war ich auch jetzt nicht frustriert. Mir war vieles klar geworden. Zugleich hatte allerdings meine Sorge um Eva alarmierende Ausmaße angenommen, denn ich begann zu ahnen, wovor sie auf der Flucht war – oder gewesen war.

7. Kapitel

Brunos Verhältnis zu Dr. Brauchitsch war zwiespältig. Einerseits war dessen Kleintierpraxis ein Paradies an unterschiedlichen Gerüchen, und es gab auch stets leckere Häppchen. Andererseits wurde man geimpft und musste sich tief in die empfindlichen Schlappohren gucken lassen. Auch Dr. Brauchitschs Verhältnis zu Bruno war nicht gänzlich entspannt, denn Bruno zu impfen oder seine Ohren zu untersuchen, war, wenngleich nicht lebensgefährlich, so doch stets mit schweißtreibenden Kraftanstrengungen der gesamten Praxisbelegschaft verbunden. Umso dankbarer waren alle Beteiligten, als sie feststellen konnten, dass die verletzte Pfote nicht genäht werden musste. Bruno bekam lediglich hinten statt meiner Tennissocke eine Art von festem Futteral um den Fuß gelegt, während er vorn mit Häppchen gestopft wurde.

Während ich uns heimschaukelte, überkam mich eine ziemliche Müdigkeit. Ich nahm mir vor, mich gleich ins Bett zu legen und den Rest des Vormittags zu verschlafen. Daraus wurde jedoch nichts. Kaum waren wir ausgestiegen, drängte Bruno mit seltener Eile ins Haus, und mein erster Blick in die Halle offenbarte mir den Grund. Ich hätte nie gedacht, ich würde angesichts eines derart verkniffenen, zerknitterten Menschen so erleichtert sein können. Da saß sie am großen Tisch, die rote Mähne feucht vom Duschen, umhüllt von meinem weichen, weißen Bademantel und von Anneliese bemuttert – Eva, die Verrückte. Mein stolzer Hund gab Pfötchen und bettelte unterwürfig um Zuneigung. Meine eigene Begrüßung erwiderte Eva mit keinem Blick. Ich sagte ihr trotzdem, wie froh ich sei, sie gesund wiederzusehen, und setzte mich zu ihr.

»Was ist denn nur passiert, Eva? Wir haben uns Sorgen um dich gemacht!«

Sie beugte sich zu Bruno hinunter und umarmte ihn. Die Hundehaare würden aus dem schönen Bademantel nie wieder rausgehen.

»Eva, hör zu – du musst uns sagen, was passiert ist. Es ist schließlich jemand mit Gewalt in dein Zimmer eingebrochen; du musst uns sagen, wer das war – und vor allem, warum er oder sie das getan hat. Du musst! Das ist lebenswichtig für dich!«

Sie sagte nichts, sondern rutschte nur immer tiefer und drückte ihr Gesicht in Brunos Pelz.

Anneliese griff ein. »Nu lass ihr man, Paul. Sie ist doch fix und fertig!« Sie stemmte die Arme in die Hüften. »Du glaubst nicht, wo ich ihr gefunden hab!« Sie sprach über Eva völlig unbekümmert wie über ein Kleinkind. »Ich will nämlich heute Morgen die Mülltonnen anner Straße stellen, ne, ich mach also die Eisenklappe vonne Containerbutze draußen auf, und wie ich die eine Tonne rauszieh, was glaubst du, wer da wohl hintersitzt?!«

Ich legte einen Finger an die Nase und machte ein ratloses Gesicht.

Anneliese tat, als wolle sie mir eins mit dem Wischtuch verpassen, und lachte. Dann wurde sie ernst. »Das arme Kind hat sich da drin die ganze Nacht in Todesangst versteckt. Satt und sauber hab ich ihr ja nu, aber jetzt sieh du mal zu, dass du ihr seelisch wieder aufer Reihe kriegst!«

»Das wird wohl nicht zu schaffen sein.« Ich stand auf, um nach oben zu gehen. Auf der Treppe drehte ich mich um und sagte eindringlich: »Lass sie bloß nicht wieder weg, Anneliese, lass sie keinen Moment aus den Augen! Und lass auch niemanden zu ihr! Bruno soll aufpassen.«

Im Arbeitszimmer rief ich zuerst bei Eckermann an. Er war weder im Büro noch zu Hause, sein Handy war nicht erreichbar. Ich hinterließ ihm die Nachricht, dass die Vermisste lebend wieder aufgetaucht sei, und bat ihn, sich baldmöglichst mit mir in Verbindung zu setzen. Ich machte mir nichts vor: Ich wäre heilfroh gewesen, Eva an ihn loszuwerden. Bei der Polizei war sie in Sicherheit, dort verstand man etwas von Vernehmungen, und wenn sie partout nicht reden wollte, gab es vielleicht Psychologen, die mit ihr klarkommen würden.

Und wenn nicht? Würde Eckermann sie nach einer Weile einfach wieder wegschicken? Er konnte sie ja nicht ewig dabehalten. Sie würde aber erst außer Gefahr sein, wenn sie erzählt hatte, was sie wusste.

Während ich durchs Fenster beobachtete, wie am Peerbeek noch immer das rotweiße Absperrband flatterte, fiel mir jemand ein, den ich um Rat fragen könnte: Herwig Garstedt, den Psychiater aus der *Tiefbaupraxis*. Ich schickte ihm eine Mail und bat ihn um seine Telefonnummer. Dann zog ich mir den nächstbesten meiner handschriftlichen Papierstapel heran und vertiefte mich wieder in die Gedankengänge der letzten Nacht.

Der Türgong riss mich aus meinen Überlegungen. Anneliese hatte einen Tischler bestellt, der die Fenstertür reparieren und eine neue Scheibe besorgen sollte. Die Scherben und Blätter waren bereits gründlich beseitigt, Eva war von Anneliese eine Tür weiter einquartiert worden. Der Tischler besah sich den Schaden, nahm Maß und verschwand wieder.

Zurück im Arbeitszimmer sah ich sofort wieder in meine Mailbox und fand, worauf ich gehofft hatte: Garstedts

Nummer. Das war gar nicht so selbstverständlich, denn ich hatte mich kürzlich erst gemeinsam mit Rademann in der *Tiefbaupraxis* über ihn lustig gemacht, weil er in Wortgefechten gern als letzte Waffe seinen Beruf ins Feld führte, indem er uneinsichtigen Gegnern eine Therapie anbot.

Auf die dürftigen Heilerfolge der Psychiatrie anspielend hatte Rademann überlegt, ob es nicht billiger und effektiver wäre, wenn sich einfach jeder Friseur eine Couch in den Laden stellen würde. Ich hatte als Alternative vorgeschlagen, das Psychologiestudium um eine Friseurlehre zu ergänzen, damit Psychiater ihren Patienten wenigstens die Haare schneiden könnten, wenn sonst schon nichts zu machen sei. Der Umstand, dass sich Garstedt von uns ständig Psychopator nennen lassen musste, hatte das Klima nicht verbessert.

Ich wählte die Nummer. Eine zuvorkommende Piepsstimme meldete sich: »Fachklinik für Psychiatrie, Psychotherapie und Psychosomatik, Sekretariat Dr. Garstedt, mein Name ist Effinger.«

Ich brachte mein Anliegen vor und wurde durchgestellt.

»Hach, der Nickel, das alte Schandmaul«, war Garstedts Begrüßung. Er klang selbstbewusst und resolut. »Hör zu, kann ich dich in zehn Minuten zurückrufen? Ich schneide gerade Haare und muss anschließend noch Strähnchen machen. Gib mir deine Nummer, es dauert nicht lange.«

Während ich wartete, legte ich mir zurecht, was ich ihn alles fragen wollte. Als er dann anrief, war ich es jedoch, der tausend Fragen beantworten musste. Zuerst wollte er genau wissen, was es mit Rademanns Tod auf sich hatte. Ich erzählte, was ich wusste. Dann musste ich minutiös schildern, wie das *Tiefbau*-Treffen in meinem Haus gelaufen war, was wir gegessen und getrunken hatten, worüber wir geredet hatten, wie die einzelnen *Tiefbaupraktiker* ausgesehen und sich benommen hatten. Damit näherten wir uns langsam meinem Thema. Ich sparte mir die Beschreibung Eva Pawlaks bis zum Schluss auf, und dann konnte ich endlich zur Sache kommen. »Sie ist krank«, sagte ich, »psychisch.«

»Unsere Esoterikerin? Eva aus der anderen Welt? Wenn du mich fragst – ich halte alle Esoteriker samt und sonders für krank, aber das ist mein Privatvergnügen; wissenschaftlich gesehen stellt sich die Sache anders dar. Wer an Erdstrahlen glaubt, gilt damit noch nicht als pathologischer Fall.«

»Die Erdstrahlen sind es nicht«, sagte ich. »Sie ist ... wie soll ich das beschreiben – sie ist unnatürlich schüchtern. Mehr als unnatürlich. Es ist grotesk. Man braucht sie nur anzusprechen, und sie verkrampft am ganzen Körper. Sie ist total kontaktgestört.«

»Wie sieht sie denn aus? Hat sie Grund, sich hässlich zu fühlen?«

»Im Gegenteil! Sie sieht toll aus. Sehr sexy. Wenn sie nicht gerade geduckt daherschleicht und ihre eigenen Füße anstarrt.«

»Sie sieht also toll aus, aber sieht dir nicht in die Augen. Vermutlich ist sie es leid, ständig angemacht zu werden.«

»Ich hab sie nicht angemacht! Keiner hat sie angemacht! Sie ist völlig abweisend, total unterkühlt. Und in die Augen sieht sie überhaupt niemandem, nicht mal einer Frau.«

»Vielleicht hat sie irgendeinen Kummer. Das ist oft die Ursache, wenn Leute in sich gekehrt und leise sind.«

»Sie ist nicht leise! Wenn sie spricht, dann eher laut und seltsam betont. Als würde sie 'ne Rede vor den Vereinten Nationen halten. Oder sie klingt wie Kermit der Frosch. Im Augenblick redet sie allerdings überhaupt nicht. Das ist mein Problem.«

Er stutzte. »Ich soll dir also helfen, sie zum Reden zu bringen? Könntest du mir freundlichst sagen, warum ich das tun sollte?«

»Weil sie in Gefahr ist.« Ich berichtete, in welchem Zustand Eva nachts bei mir geklingelt hatte, ich berichtete von dem zertrümmerten Glasfenster und von ihrem Versteck hinter den Mülltonnen. »Hier sind Dinge passiert, die nicht hätten passieren dürfen. Es gibt da ein sehr unerfreuliches Geheimnis, und dem bin ich nah genug gekommen, um zu wissen, dass Eva den Schlüssel dazu hat. Sie weiß was. Und genau deshalb ist sie in höchster Gefahr. Ich *muss* sie einfach zum Reden bringen! Also: Wie stell ich das an?«

»Paul, du verlangst nicht nur eine Ferndiagnose von mir, sondern obendrein auch noch ein Wunder. Ich kann dir weder das eine noch das andere liefern. Kein Arzt kann das. Eher schaffe ich es, dir durchs Telefon die Haare zu schneiden.«

»Versuch es doch wenigstens.«

»Na schön, wie soll's denn aussehen? Stufig? Messerschnitt?«

»Herwig, bitte!«

Er wand sich. »Ist ja gut, ich versuch's. Ich kann nur hoffen, dass nie ein Kollege davon erfährt. Also. Wir haben eine schöne Frau, die abweisend und unsicher ist und niemandem in die Augen sieht.«

»Ja.«

»Und wenn sie was sagt, dann redet sie gekünstelt.«

»Ja, sehr laut und steif. Sie benutzt Floskeln wie ›man dankt allerherzlichst‹. Dann denkst du, das wär witzig gemeint – aber wehe, du grinst!«

»Dann fühlt sie sich vermutlich auf dem Arm genommen. Hast du den Eindruck, dass sie manchmal auch Äußerungen auf sich bezieht, mit denen sie gar nicht gemeint war?«

»Du meinst, jemand lacht über irgendwas, und sie denkt automatisch, er lacht über sie?«

»So in etwa. Man nennt das Beziehungsideen.«

»Bestimmt! Deshalb ist sie so misstrauisch. Sie kann auf ganz harmlose Bemerkungen total getroffen reagieren. Ich hatte übrigens auch oft das Gefühl, dass sie oben auf der Galerie belauscht hat, was unten geredet wurde. Doch, ja – diese Beziehungsideen kann ich mir bei ihr gut vorstellen.«

»Könnte es auch sein, dass sie sich die Bedrohungen, vor denen sie auf der Flucht war, nur eingebildet hat?«

»Alles nur Paranoia? Genau das glaube ich nun wieder nicht. Wir haben zwei Tote hier, Herwig – die sind nicht eingebildet tot!«

»Na ja, Verfolgungswahn schließt reale Bedrohungen ja nicht aus.« Er dachte nach. »Sag mal, hat Eva in der *Tiefbaupraxis* nicht auch mal irgendwann was über ›Stimmen aus der anderen Welt‹ geschrieben?«

»Hat sie. Darüber hab ich sogar mit ihr gesprochen. Oder besser: sie mit mir, sie hat nämlich vehement darauf gepocht, das seien nur laute Gedanken. Die seien nur *im* Kopf, hat sie gesagt, die Stimmen seien nicht draußen, sondern nur *im* Kopf.«

»Das ist interessant. Klingt, als wär sie schon mal in Behandlung gewesen.«

»Wieso?«

»Laute Gedanken sind nicht notwendigerweise kritisch, aber imaginäre Stimmen von außen sind akustische Halluzinationen, deuten auf eine Psychose hin. Wer will so was schon haben? Sie jedenfalls scheint das sehr bewusst von sich zu weisen, oder?« Er überlegte wieder. »Lacht sie eigentlich selber mal?«

»Ja ... nein! Wie meinst du das?«

»Wie ich's sage. Wenn rumgeflachst wird und geblödelt und gestichelt – lacht sie da?»

»Nein. Niemals. Ich hab eher den Eindruck, dass jede Art von Ironie komplett an ihr vorbeigeht.«

»Du warst eben einen Moment lang unsicher. Warum?«

»Sie macht manchmal ... Sie hat so was wie eine Lachmaske. Als könnte sie ihre Mimik nicht dosieren. Dann setzt sie ein derart starres Grinsen auf, dass es einem kalt den Rücken runterläuft. Und sie macht stumme Lippenbewegungen.«

»Hm. Ich will mich nicht zu weit aus dem Fenster lehnen, Paul, aber eine Vermutung hätt ich schon.«

»Und welche?«

»Wir haben eine grundlos verklemmte, misstrauische Frau, unterkühlt, abweisend. Sie meidet Blickkontakte, spricht gekünstelt, sie hat Beziehungsideen, laute Gedanken und keinerlei Zugang zu ironischem Geplänkel. Sie hat ihre Mimik nicht im Griff. Und sie hat eine schwere Neigung zu magischem Denken.«

»Zu was?«

»Ufos, Engel, Parapsychologie, dieser ganze Scheiß. Pass auf, noch ein paar ganz kurze Fragen. Zieht sie sich irgendwie eigenartig an? Ausgefallen? Ungepflegt?«

»Zusammengewürfelt, ja, unordentlich.«

»Hast du sie jemals *ich* oder *wir* sagen hören?«

Ich nahm mir Zeit für die Antwort. Was hatte Eva am Sonntag gesagt, als sie unversehens reisefertig in der Halle stand? Kann *man* ein Taxi bekommen? *Man* muss jetzt nach Hause. »Du hast recht, Herwig – sie sagt weder *ich* noch wir – sie sagt *man*!«

»Kommt sie ins Schwitzen?«

»Ja. Auffällig.«

»Okay, Paul – eine Diagnose. Aber nur für deine Ohren und mit größtem Vorbehalt. Ich sage, sie hat eine schizotype Persönlichkeitsstörung.«

»Aha, schön. Aber was bedeutet das?«

»Für ihre Umgebung bedeutet es ungefähr das, was wir eben aufgelistet haben. Sie wirkt gefühllos, unzugänglich und lächerlich, wird demzufolge ständig veralbert und abgewimmelt. Für sie selber heißt es: Jeder Umgang mit anderen Menschen ist Stress – je persönlicher der Kontakt, desto schlimmer. Schizotype Persönlichkeiten haben Probleme, Symbolisches richtig zu deuten – Piktogramme, Abkürzungen, Computer-Icons und dergleichen, aber vor allem auch Gestik und Mimik. Die nonverbale Kommunikation funktioniert nicht richtig. Außerdem haben Schizotype kein Ich- oder Wir-Gefühl, sie stehen neben sich, fühlen sich überrollt, vereinnahmt, im schlimmsten Fall – wenn jemand gar zu eindringlich wird – depersonalisiert. Und dann läuft gar nichts mehr.«

»Was? Heißt das, wenn ich bohre, läuft gar nichts mehr? Wie soll ich sie denn dann zum Reden bringen?« Ich musste wieder an die schreckliche Leere in Evas Gesicht denken.

Durchs Telefon konnte ich hören, wie Herwig mit den Fingern auf den Tisch trommelte. »Du müsstest es auf ganz sachlicher Basis versuchen. Schizotype bewegen sich gern auf rein logischer, argumentativer Ebene; da fühlen sie sich am sichersten. Das ist vermutlich auch der Grund, warum Eva in der *Tiefbaupraxis* aufgetaucht ist – im Internet entfallen Mimik und Gestik, da gibt's höchstens ein paar Emoticons, sonst nur das geschriebene Wort. Was mich übrigens wundert, ist die Tatsache, dass sie zu dem Treffen gekommen ist. Wieso hat sie das riskiert? Das muss sie große Überwindung gekostet haben, ein wahnsinniges inneres Ringen!«

Garstedt machte noch eine ganze Reihe weiterer Anmerkungen zur Schizotypie, aber ich merkte plötzlich, dass ich ihm nicht mehr richtig zuhörte. Er hatte mich auf eine Idee gebracht, über die ich unbedingt nachdenken musste. Ich bedankte mich für seine Hilfe und versprach, ihm beizeiten zu berichten, wie die Sache ausgegangen sei. Dann ging ich auf die Suche nach meinem Laptop und einem Ethernetkabel.

* * *

Eckermann hatte meine Nachricht erhalten. Er rief nicht zurück, sondern kam gleich persönlich, und wieder hatte er weder einen Kollegen noch seine Aktentasche dabei. Am Ende würde er wirklich noch freundschaftliche Gefühle entwickeln.

Bevor er den Klingelknopf drücken konnte, riss Anneliese die Haustür auf und hielt ihm den Zeigefinger vor die Nase: »Wenn Sie zu Frau Pawlak wollen – die schläft, Herr Kommissar! Lassen Sie die man bloß in Frieden!«

Ich ging dazwischen. »Ist schon in Ordnung, Anneliese, ich hab ihn ja selbst angerufen! Kommen Sie rein!«

Anneliese gab widerstrebend den Weg frei, aber Eckermann trat einen Schritt zurück und bedeutete mir, ich möge zu ihm nach draußen kommen. Inzwischen bedauerte ich es selbst, ihn informiert zu haben. Der Gedanke, ihm Eva zu überlassen, gefiel mir seit meinem Gespräch mit Garstedt überhaupt nicht mehr. Ich stellte mir vor, wie sie von Eckermann in die Mangel genommen wurde, wie er sie mit hochnotpeinlichen Fragen und Vernehmungstricks traktierte, wie sich ihr fragiles Ego schließlich ganz und gar auflöste, und wie nichts zurückblieb als ein ungeklärtes Geheimnis. Ich war mir sicher: Polizeiverhöre waren das Letzte, was Evas Zunge lösen würde.

»Gehen wir ein Stück«, sagte Eckermann.

»Wie stehen die Ermittlungen gegen die Mafia?«, fragte ich leutselig. Der Blick, den ich zur Antwort bekam, machte mir klar, dass ich besser die Klappe hielt.

Als wir weit genug vom Haus und Annelieses aufmerksamen Ohren entfernt waren, sagte der Hauptkommissar: »Erinnern Sie sich an unsere Unterhaltung vom Montag? Sie haben mich gefragt, ob ich im Mordfall Nawrot Spuren hätte. Ich hab Ihnen erklärt, dass für die Polizei jeder Hinweis und jeder Zeuge eine Spur ist, dass die erfolgversprechendsten zuerst abgearbeitet werden – und wenn die nicht zum Täter führen, sind eben die anderen an der Reihe.«

Ich nickte.

Er fuhr fort: »Ich hab Ihnen auch gesagt, dass wir mit unseren Ermittlungen in Matthiesens Dunstkreis nicht weiterkommen. Das mag an der Verlogenheit der ›Mafia‹ liegen, wie Sie den Klüngel nennen, es kann aber auch daran liegen, dass wir hier einfach auf dem Holzweg sind. Tatsache ist jedenfalls, dass es noch eine Menge anderer Spuren gibt.«

»In meinem Haus.«

»Richtig. Da kommt inzwischen schon einiges zusammen. Nawrot ist in *Ihrem* Garten zusammengeschlagen worden, *Sie* haben seine Leiche entdeckt, einer *Ihrer* Wochenendgäste verschwindet nachts aus einem demolierten Zimmer. Und das sind nur die auffälligsten Punkte.«

Dass ich obendrein einen meiner Gäste tot in Hamburg aufgefunden hatte, schien Eckermann noch nicht zu wissen. Ich nickte: »Ich verstehe. Jetzt werden Sie mit Kommissar Fick und dem ganzen Rest Ihrer Mannschaft anrücken und mir die Bude auseinandernehmen.«

»Lieber Himmel, nein! Jetzt tun Sie mal nicht so, als könnten wir nur plattfüßig durch die Gegend trampeln. Glauben Sie, wenn das meine Absicht wär, würd ich erst kommen und Sie vorwarnen? Ich will Ihre Unterstützung, Mann!«

In den blauen Augen lag nichts als reinste Aufrichtigkeit. Ich konnte mir nicht helfen – ich musste grinsen.

Eckermanns Bartspitzen zuckten erst leicht, dann grinste er auch. »Ich will's mal so ausdrücken: Wenn Sie mich *nicht* unterstützen, rück ich mit Kommissar Fick und dem ganzen Rest der Mannschaft an und nehm Ihnen die Bude auseinander.«

»Und wie stellen Sie sich meine Unterstützung vor?«

»Wie ich Sie kenne, haben Sie sich selbst schon Gedanken über Ihre Hausgäste und alles Drumherum gemacht. Berichten Sie mir! Ausführlich, lückenlos: Was sind das für Leute? In welchem Zusammenhang stehen sie miteinander? Was ist Ihnen aufgefallen? Hat sich jemand ungewöhnlich benommen? Verfänglich geäußert? Irgendwie verdächtig gemacht? Hat womöglich einer Dreck am Stecken?«

Ich wollte antworten, aber er hob die Hand: »Kommen Sie mir bitte nicht mit Bespitzelung und Denunziation! Es geht nicht darum, jemandem was anzuhängen – es geht darum sicherzustellen, dass niemand von Ihren Leuten was mit dem Mord zu tun hat – *so* müssen Sie das betrachten!«

»Eigentlich wollte ich nur sagen, dass ich mir tatsächlich schon eine ganze Menge Gedanken gemacht habe«, erklärte ich. »Ich hab sogar eine Theorie.«

Er verzog das Gesicht. »Das ist gut und schön, Herr Nickel. Aber was ich brauche, sind Fakten, Beweise.«

An Beweisen fehlte es mir selbst noch. Wir erreichten die Stelle, wo der Mann im Dunkeln gestanden haben musste, den Eva bei ihrer ersten Ankunft gesehen hatte. Der Platz war für eine diskrete Beobachtung meines Hauses wirklich bestens geeignet, das bestätigte sich selbst bei Tageslicht. Und noch etwas fiel mir auf. Ich hielt Eckermann am Ärmel fest. In der Erde zu unseren Füßen war eine deutliche, frische Reifenspur. »Passen Sie auf, dass Sie keine Beweise zertreten.«

Er sah unter sich. »Meinen Sie, das bedeutet etwas?«

»Ja.«

»Und was?«

»Ist nur eine Theorie, wie gesagt.« Ich richtete mich auf. »Ich mach Ihnen einen Vorschlag, Herr Eckermann: Sie lassen die Spur hier sichern, und ich stelle derweil alle Informationen zusammen, die Sie interessieren könnten. Tatsachen, Zusammenhänge, Hintergründe. Lassen Sie mir nur Zeit bis morgen, und Sie kriegen genau die Unterstützung von mir, die Sie verlangt haben.«

Er sah auf die Uhr. »Ist eh schon nach vier. Meinetwegen.« Die blauen Augen musterten mich kritisch. »Sie sehen nicht besonders frisch aus.«

»Hab letzte Nacht durchgearbeitet.«

»Das kenn ich.« Er streckte mir die Hand hin: »Wir haben also eine Abmachung.«

Als ich zum Haus zurückging, telefonierte er bereits mit der Spurensicherung.

* * *

Sie tat nur, als schlafe sie. Bruno, der vor ihrem Bett lag, hatte bei meinem Eintreten ein Auge geöffnet und zur Begrüßung andeutungsweise die Schwanzspitze bewegt, doch Evas Augen blieben fest geschlossen, während ich den Laptop auf dem kleinen Schreibtisch installierte. Ich sprach sie nicht an, gab mir aber auch keine Mühe, besonders leise zu sein. Sie musste schon wach geworden sein, als ich das Ethernetkabel von außen durchs Fenster gefummelt hatte. Der Laptop war ein ziemlich neues Apple Powerbook 3400; am anderen Ende der Strippe hing der Mac aus meinem Arbeitszimmer, den ich eigens nach nebenan geschafft hatte. Dort brauchte ich kein Fenster zu öffnen – da fehlte schließlich die ganze Scheibe. Die Rechner miteinander zu vernetzen, war kein Problem; es dauerte nur eine Weile, bis ich beide so eingestellt hatte, dass man Nachrichten hin- und herschicken konnte wie in einem Chatroom. Als es dann funktionierte, war die Bedienung kinderleicht: Man brauchte bloß seinen Text einzutippen, die Returntaste zu drücken, und er wurde auf den anderen Bildschirm gesendet. Ich stellte den Bildschirmschoner aus und ging.

Unten holte ich mir eine warme Jacke, ein Weinglas und einen Korkenzieher, dann ging ich an den Getränkekühlschrank und nahm eine Flasche Pinot Grigio heraus. Tagsüber war es draußen richtig warm gewesen, doch jetzt, gegen Abend, wurde es kühl. Der Wein würde halbwegs richtig temperiert bleiben, die Jacke würde ich brauchen. Oben blähten sich die Vorhänge vor dem offenen Fensterloch. Vom Monitor meines Anniversary Macs leuchtete mir das leere Textfeld entgegen. Ich schloss die Zimmertür hinter mir, zog die Jacke an und setzte mich vor die Tastatur. Ich hatte mir gründlich überlegt, was ich schreiben könnte, um Eva anzusprechen, ohne dabei persönlich zu werden. Ich tippte:

Willkommen im kleinen, gemeinen harten Kern der Tiefbaupraxis!

Mit diesen Worten war sie am Freitagabend von Isabel Schneider begrüßt worden. Ich drückte die Returntaste. Der

Text musste jetzt vor Evas Augen mit einem Ping auf dem Bildschirm des Laptops erscheinen.

Ich öffnete die Weinflasche, goss mir ein Glas ein und trank in kleinen Schlucken, während ich wartete. Die kühle Luft von draußen roch herbstlich. Wieder war der sanfte, leise Amselgesang zu hören. Das rotweiße Flatterband am Peerbeek war nur noch schwach zu erkennen; je mehr das Tageslicht draußen schwand, desto heller leuchtete der Monitor. Das Textfeld jedoch blieb weiß, nichts rührte sich. Langsam kamen mir Zweifel, ob sich Eva tatsächlich nur schlafend gestellt hatte. Ich merkte auch, dass ich in der vorherigen Nacht kein Auge zugetan hatte, zudem tat der Wein seine Wirkung; meine Lider wurden schwerer und schwerer.

Ping!

Ich war tatsächlich für einen Moment weg gewesen, doch jetzt saß ich senkrecht auf meinem Stuhl. Eva hatte geantwortet. Ich rieb mir die Augen. Im Textfeld stand, was sie auch schon in der *Tiefbaupraxis* gepostet hatte:

Man darf sich nicht mit Kriminellen einlassen die hinter dem Rücken flüstern und einem was wollen.

Das sagte mir noch gar nichts, aber immerhin – Eva war wach und hatte geantwortet. Jetzt musste ich vorsichtig versuchen, ein Gespräch in Gang zu bringen. Um nichts zu riskieren, ergänzte ich ihren Satz um ihre eigenen Worte:

Man muss aufpassen und die Augen aufhalten – dann hört man alles, sogar nachts.

Wieder dauerte es lange, bis eine Antwort kam, doch meine Müdigkeit war völlig verflogen. Ich goss mir Wein nach und wartete.

Ping!

Man darf nicht erzählen was man gehört hat sonst passiert was.

Wer sagt das? Was soll passieren?

Das Telefon klingelt aber die Kriminellen sagen nichts. Dann ist jemand im Garten und geht überall rundum bis er reinkommt.

Ist denn sonst niemand im Haus?

Die Mutter ist in der Klinik.

Was kann man machen?

Nichts. Nur aus dem Fenster klettern.

Und dann?

Zum Taxistand schnell.

Der Dialog war im Fluss. Eva war in der Nacht nach Rademanns Tod zu mir geflüchtet, weil jemand sie zu Hause aufgestöbert hatte. Aber wer? Fürchtete sie auch jetzt noch, ihr werde etwas passieren, wenn sie erzählte, was sie wusste? Schizotype bewegen sich gern auf rein logischer, argumentativer Ebene; da fühlen sie sich am sichersten, hatte Herwig gesagt. Ich durfte nicht drängen, ich musste argumentieren. Ich schrieb:

Es gibt einen Weg, die Bedrohung ein für allemal zu beseitigen.

Diesmal ließ die Antwort wieder länger auf sich warten. Ich fürchtete schon, ich hätte vielleicht einen Fehler gemacht, da kam das nächste Ping:

Man kann nichts machen. Wenn ein Gesicht draußen am Fenster ist kann man nur das Licht ausmachen aber es nützt nichts. Dann knallt die Glasscheibe, dann muss man wieder rennen und versteckt sich. Man kann nichts machen gegen kriminelle Elemente.

Während ich mit Rieger im *Ristorante* gegessen hatte, war offenbar genau das passiert, was ich vermutet hatte. Ich musste Eva davon überzeugen, dass sie der Gefahr nur entgehen konnte, indem sie redete:

Kriminelle Elemente sind nur gefährlich, solange sie unentdeckt sind. Sobald ein kriminelles Geheimnis aufgedeckt und allgemein bekannt ist, hat es ja keinen Zweck mehr, Mitwisser zu töten. Es gibt doch dann gar keinen Grund mehr.

Gibt es doch. Wut vielleicht und Rache.

Wer im Gefängnis sitzt, kann niemanden überfallen.

Man weiß nie.

Sie zu überzeugen, erwies sich als hartes Stück Arbeit. Derweil wurde es nicht nur kalt im Zimmer, sondern auch klamm. Mit der Dunkelheit war Wind aufgekommen, es begann zu nieseln. Ich saß und tippte, ich lief auf und ab, ich trank den Pinot und wünschte mir seit Langem mal wieder, ich hätte ein paar Zigaretten. Ich ließ aber nicht locker. Evas Angst und ihr Misstrauen saßen tief, doch dumm war sie nicht. Ich unterbreitete ihr Stück für Stück meine Theorie, ich begründete meine Vermutungen so nüchtern und sorgfältig, dass sie nicht umhinkonnte, eine nach der anderen zu bestätigen – und zwar punktgenau.

Als sie sich schließlich überwand, das letzte und wichtigste Puzzleteil selbst zu liefern, war ich dennoch überrascht. Vor allem aber war ich erleichtert.

Ich erklärte ihr, wie ich weiter vorgehen wollte. Sie war einverstanden. Das ganze Gespräch, das wir geführt hatten, war sicher auf meiner Festplatte gespeichert. Ich würde es einfach ausdrucken, Eva würde den Ausdruck unterschreiben. Damit hatte ich etwas Konkretes in der Hand, und wenn mein Plan danach aufging, würde sie außer Gefahr sein.

Sie hatte Vertrauen gefasst. Allerdings vertraute sie weniger mir als meinen Argumenten, und mir war klar, dass ich ihr keinesfalls noch näher rücken durfte. Trotzdem – da war eine persönliche Frage, die ich einfach stellen musste. Sie war nicht mal wichtig, doch meine Neugier ließ mir keine andere Wahl.

Du bist nicht gern in Gesellschaft, Eva. Du hast selbst neulich gesagt: »Man kann mit Fremden nicht umgehen. Sie sind zu nah.« Wieso nur bist du trotzdem zu dem Tiefbautreffen gekommen? Wie hast du das geschafft? Das muss dir doch wahnsinnig schwer gefallen sein!

Ich wartete. Sie antwortete nicht. Ich hätte mich ohrfeigen können. Ich hätte das Erreichte nicht aufs Spiel setzen sollen! Nervös stand ich auf.

Ping!

Aufatmend setzte ich mich wieder.

Man musste ja kommen wegen dem Virus.

Was für ein Virus?

Wegen dem Bad Times Virus. Der die Festplatte formatiert und alle Disketten löscht, wenn man nicht kommt.

Aber das war nur ein Witz! So einen Virus gibt es nicht.

Man konnte sich schon denken, dass das ein blöder Witz war. Aber man weiß nie.

8. Kapitel

Beim Aufwachen wusste ich erst überhaupt nicht, wo ich mich befand, und noch länger dauerte es, bis ich den verlegenen Mann, der mich geweckt hatte, als den Tischler identifizieren konnte.

»Das tut mir ja nun leid, Herr Nickel, aber Frau Göke hat gesagt, ich soll man bloß mit der Arbeit anfangen, damit vor'n Wochenende die neue Scheibe im Fenster kommt. Regnet ja rein sonst. Gucken Sie bloß mal da raus!«

Draußen ballten sich finstere Wolkenberge. Ich lag in voller Montur auf dem zerwühlten Gästebett. Mein Rechner lief noch immer.

In der Tür ließ sich Anneliese vernehmen: »Der Hauptkommissar hat schon zweimal angerufen, Paul, und denn auch noch Herr Koretzki, es wär dringend.«

Na, prima. Ich stand auf, wankte nach unten und verschwand für eine halbe Stunde im Bad. Selbst dort konnte ich das Telefon noch bimmeln hören, aber ich ließ mich nicht stören. Ich musste erst mal einen klaren Kopf kriegen.

Das klappte überraschend gut. Als ich aus der Dusche kam, fühlte ich mich großartig. Das sonst so treuherzige Rundgesicht im Spiegel leuchtete geradezu vor freudiger Rachsucht. Zu Recht, fand ich: Wenn ich meinen Plan bei Eckermann durchsetzte und mich anschließend nicht ganz blöd anstellte, müsste ich heute Abend sämtlichen Ärger los sein. Abgesehen von dem mit dem Finanzamt natürlich.

Anneliese werkelte in der Küche. »Aufgemerkt«, schnarrte ich gut gelaunt, »heute liegt einiges an. Zunächst mal: Frühstück in mein Arbeitszimmer. Dann: für den Rest des Tages jede Störung von mir fernhalten. Dann: Heute Abend brauch ich dich hier, wir kriegen Gäste! Geht das?«

Sie lachte. »Geht, Herr General. Was ist denn los mit dir? Du strahlst ja wie'n Honigkuchenpferd! Ist was passiert?«

Ich rieb mir die Hände: »Noch nicht, aber bald. Ich hab sehr interessante Neuigkeiten!«

»Was denn für Neuigkeiten?!« Sie sah mich erwartungsvoll an.

Ich schüttelte den Kopf. »Es ist besser, wenn ich die noch etwas für mich behalte.«

Ihre Wangen röteten sich. »Sag mal, Paul, du meinst doch nicht etwa, du hast ... du weißt ... Mensch, ich kenn dich doch!« Sie kniff die Augen zusammen. »Mir brauchst du nix vormachen, Paul, ich weiß Bescheid! Du hast Herbert Nawrot seinen Mörder rausgekriegt, stimmt's?!«

»Lass mal lieber gut sein, Anneliese.«

»Wer war's? Macke?«

»Wie bitte?«

»Sean Marvin! Sean Marvin Potthölter! Macke! Oder war's jemand ganz anneres?«

»Hör zu, Anneliese, ich will einfach nicht zu früh die Klappe aufreißen und womöglich das Ergebnis gefährden.«

Sie verschränkte die Arme. »Als ob ich nix für mich behalten könnte!«

»Kannst du doch nicht! Sei vernünftig.«

Sie ließ nicht locker und bohrte noch geraume Zeit weiter, bis ich endlich das Thema wechseln konnte: »Was machen die Unzertrennlichen?«

»Bruno und seine Angebetete? Die haben zusammen gefrühstückt und sind kurz in'n Garten gewesen, aber nu hocken sie schon wieder oben in'n Haus aufeinander. Ist auch besser so, sieht nämlich nach Gewitter aus. Sag mal, was hast du bloß gemacht mit dem Mädchen? Die ist ja wie ausgewechselt, die hat beinah richtig guten Morgen gesagt und alles!«

Ich breitete die Arme aus. »Da staunst du, was?! Ich, Paul Nickel, Magier, Manipulator, Meisterpsychologe!«

Sie wandte sich schnaubend ab. »Ein Spinner bist du. Geh man hoch, ich bring dir denn deinen Kaffee.«

Ich sah kurz bei den Unzertrennlichen hinein. Eva war wirklich lockerer; ihr Gesicht hatte Farbe, und ihr Blick schaffte es fast bis hoch zu meinem Kinn. Im Nebenzimmer war die neue Scheibe fertig eingebaut, der Tischler verschwunden. Ich schleppte meinen Rechner wieder ins Arbeitszimmer. Während ich ihn dort startete, rief Koretzki an. Sein Tonfall war elegischer denn je: Er habe soeben ein sehr, sehr unheilvolles, mich betreffendes Schreiben von der Finanzbehörde erhalten. Ich wusste, dass ich das ernst nehmen musste, aber jetzt hatte ich erst mal anderes zu tun. Ich versprach ihm, mich gleich am Montagmorgen bei ihm zu melden; übers Wochenende werde beim Finanzamt sowieso niemand einen Finger rühren. Dem stimmte er aufseufzend zu.

Anneliese brachte mir eine Kanne Kaffee und belegte Brötchen. Während ich frühstückte, klickte ich mich in die *Tiefbaupraxis*. Rademanns Fehlen drückte beträchtlich aufs Niveau. Zentrales Thema waren die Leichen von Diana Spencer und Dodi al Fayed, die gerade von der französischen Justiz freigegeben worden waren.

Ich postete eine neue Nachricht unter der Überschrift *Der Rademann-Mord*. Darunter schrieb ich: *Heute um 19.00 Uhr werde ich Josefs Mörder in meinem Haus in Niederholt überführen. Meine Gäste vom letzten Freitag sind willkommen.*

Vom Posten der Nachricht bis zu Nikis Anruf dauerte es keine Minute.

»Hallo, Niki«, sagte ich, »hast du die *Tiefbaupraxis* eigentlich permanent auf dem Schirm?«

»Nein! Nur, wenn ich gerade nicht arbeite. Hör mal – ist das jetzt einer von deinen geschmacklosen Witzen, oder glaubst du wirklich, Josef ist ermordet worden?«

»Es ist absolut kein Witz.«

»Aber ... wer soll das gewesen sein? Und warum?«

»Komm heute Abend, und du erfährst es. Entschuldige, aber ich muss Schluss machen, Niki.«

»Na schön, wir sehen uns dann.«

Der nächste Anrufer war Rieger: »Ich hab's gewusst, Paul! Ich hab's gewusst! Er hat's nicht selbst getan! Ich hatte recht! Hab ich's nicht gesagt?!«

»Hast du.« Auch Rieger wollte unbedingt den Namen des Mörders wissen, aber ich blieb hart. »Komm einfach heute Abend.«

Von Ullerbek traf eine Mail ein. Sie begann mit einer Entsetzensbekundung ob der Mordnachricht, dann bedankte er sich umständlich für meine Einladung, erklärte, er werde *selbstverständlich antreten*, und nachdem er sich lange genug gewunden hatte, stellte er gleichfalls die Frage nach dem Täter. Ich war gerade dabei, ihn mit derselben Antwort abzufertigen wie die anderen beiden, als Anneliese klopfte und meldete, Eckermann sei eingetroffen: »Der Dicke ist in der Halle, und dieser annere, der Fick, der wartet draußen im Wagen.«

Der Hauptkommissar saß unten bereits voll ausgerüstet am großen Tisch. Keilkissen, Aktentasche, Klemmbrett, Stift, alles war da, sogar die Armbanduhr lag vor ihm. Jetzt wurde es heikel. »Hab Sie schon mehrfach zu erreichen versucht, Herr Nickel«, begrüßte er mich gereizt.

Ich hob entschuldigend die Hände: »Ich hatte gestern schon wieder eine lange Nacht, da musste ich heute echt mal ausschlafen.«

»Dann lassen Sie uns zügig zur Sache kommen.«

Ich setzte mich nicht, sondern stützte nur die Hände auf eine Stuhllehne. »Äh ... Sie werden jetzt denken, dass ich einen Rückzieher machen will, Herr Hauptkommissar. So ist es aber nicht. Ich hab nur eine Bitte. Ich brauch noch ein bisschen Zeit, und zwar bis heute Abend.«

»Moment! Sie haben mir gestern versprochen ...«

»Ich habe Ihnen versprochen, dass Sie alle Unterstützung von mir kriegen würden, die Sie verlangt haben, wenn Sie mir ›Zeit bis morgen‹ lassen würden.«

»Ganz recht. Und ›morgen‹ ist heute!«

»Stimmt. Und zwar bis Mitternacht.«

Sein Gesicht lief rot an, die Augen blitzten ärgerlich. »Augenblick mal, Sie wollen mich bis zwölf Uhr nachts hinhalten? Das können Sie sich abschminken.« Er erhob sich. »Ich nehm Sie mit. Sofort.« Er begann, seine Utensilien einzusammeln.

»Sie können mich mitnehmen, aber Sie werden mich nicht lange festhalten können. Sie haben mir schließlich nichts vorzuwerfen.«

»Sie behindern die Ermittlungen!«

»Im Gegenteil! Ich will Ihnen sogar helfen!«

»Von wegen! Sie wollen mich bis zwölf Uhr nachts hinhalten, verdammt noch mal!«

Ich setzte mich und schlug einen versöhnlichen Ton an. »Das hab ich gar nicht gesagt! Ich hab nur gesagt, ich brauch Zeit bis heute Abend! Geben Sie sie mir, und Sie werden hochzufrieden sein!«

Er ließ sich skeptisch wieder auf die Sitzfläche sinken. »Ach ja?«

»Ganz sicher. Ich weiß, wer in mein Haus eingebrochen ist, ich weiß warum, und ich weiß sogar, wie es zu beweisen ist. Zweitens: Ich weiß, wer Nawrot erstochen hat. Drittens: Es gibt noch einen Mord, und ich weiß sogar, wie das alles zusammenhängt. Das sollte doch reichen, oder?«

Eckermann legte den Kopf schief. »Ach, Herr Nickel!« Er hob die Brauen und sah mich von unten herauf an. »Mal abgesehen davon, dass ein Mord meist eine Leiche mit sich bringt – wie haben Sie die Tat entdeckt? Haben Sie wieder Ihre Papierstapel vollgeschrieben und ausprobiert, was sich aufeinander reimt?« Er grinste.

»So ungefähr, ja.« Ich grinste zurück.

Sein Blick wurde unsicher. Ich hatte ihn schon einmal blamiert. »Na schön, dann klären Sie einen unbedarften Kriminalbeamten mal fix auf.«

Ich war davon überzeugt, dass er mir die Sache sofort aus der Hand nehmen würde, wenn ich ihn einweihte. Er würde auf der Stelle einen Vernehmungsmarathon starten und sich vor allem Eva vornehmen. Also schüttelte ich den Kopf: »Heute Abend.«

Er lachte geringschätzig, als amüsiere ihn meine Naivität, aber es klang nicht sehr echt, und als er wieder sprach, schwangen in seiner Stimme verräterische Selbstzweifel mit. »Sie haben natürlich für alles handfeste Beweise, stimmt's? Ich brauch nur noch die Handschellen zuschnappen zu lassen, was?«

»Wenn alles gut geht, ja.«

»Was soll das heißen – ›wenn alles gut geht‹?«

»Ich hab heute Abend ein kleines Treffen mit allen Beteiligten vor, und da ich bereits ...«

»Oh nein!« Er schlug mit der Faust auf den Tisch. »Nein, nein, nein! Nicht wieder dieses Theater! Das ist albern und kindisch!« Er erhob sich halb, griff die Tischplatte mit beiden Händen und beugte sich weit zu mir vor: »Sie mögen ja im Grunde ganz ehrlich sein – aber wissen Sie, was? Sie haben einen Hackenschuss! Sie legen jetzt die Karten auf den Tisch, und zwar schnell.«

Jetzt war ich endgültig bockig. »Nein. Heute Abend. Ich hab mir alles sehr genau überlegt – und es wird funktionieren. Ich werd die Sache auf jeden Fall aufklären. Auch ohne Sie. Ich zieh das durch, Sie können das überhaupt nicht verhindern. Tatsache ist: Ich kann einladen, wen ich will, und Sie können niemanden aufhalten, der in mein Haus möchte.«

»Verdammt noch mal, was für ein Leichtsinn! Sie müssten doch wissen, dass Mord kein Kinderspiel ist!«

»Deshalb biete ich Ihnen ja an, mit Ihren Leuten dabei zu sein. Mein Angebot entspricht genau unserer Abmachung. Nehmen Sie es an, oder lassen Sie es bleiben. Es ist Ihre Entscheidung. Im ersten Fall sind Sie heute Abend am Ziel Ihrer Ermittlungen und brauchen wirklich nur noch zuzugreifen, im zweiten Fall werde ich allein für die Aufklärung sorgen – kann allerdings niemanden daran hindern, anschließend auf Nimmerwiedersehen zu verschwinden.«

Eckermann starrte mich an. Das Gesicht hinter dem Bart war nahezu violett geworden.

Ich zuckte die Achseln. »Und? Wie jetzt? Wie wollen Sie's halten?«

Er antwortete nicht, sondern schob wütend seinen Stuhl zurück und stampfte in den Flur. In der Haustür blieb er stehen und brüllte: »Fick!«

Sein Gesicht verhieß nichts Gutes, als er mit Kommissar Fick im Schlepptau zurückkam. Einen unbehaglichen Augenblick lang befürchtete ich, er werde mich tatsächlich festnehmen, doch dann setzte er sich wieder und wies Fick gleichfalls einen Stuhl an.

»Also los«, schnappte er. »Schlachtplan.«

Gemeinsam stellten wir eine Besucherliste auf. Sie hätte für meinen Geschmack erheblich kürzer sein können, doch Eckermann bestand auf Vollständigkeit. Danach drehte er noch eine Runde durchs Haus, sah sich die Ein- und Ausgänge an und entschied, was er an Personal brauchen würde. Als er schließlich zu seinem Wagen ging, hatte er schon wieder sein Handy am Ohr.

Ich selbst beeilte mich, nach oben zu kommen, denn das Telefon in meinem Arbeitszimmer klingelte Sturm. Es war Isabel.

»Na, mein wilder, kleiner Rock'n'Roller, du bist ja so außer Atem?« Am Telefon klang ihre Stimme noch tiefer und anzüglicher als sonst. »Ich hab deine Mord-Einladung gelesen. Da hast du ja eine schöne Bombe gelegt. Die *Tiefbaupraxis* ist in heller Aufregung – und ich erst! Ich bin gespannt wie eine Bogensehne – raus damit: Wer war's?!«

»Nichts zu machen«, sagte ich. »Du erfährst es früh genug.«

»Das kannst du mir nicht antun, Paul!« Die Stimme wurde noch einen Deut tiefer und weicher. »Du kannst dir nicht vorstellen, wie wahnsinnig wenig Zeit ich hab. Ich kann mir für heute Abend unmöglich freinehmen! Komm, Schätzchen, sag's der lieben Isabel – wer ist der Mörder?«

»Nein.«

»Das ist frauenfeindlich, Paul! Vor guten Freundinnen hat man keine Geheimnisse! Du bist ein böser, hartherziger Chauvi und Unmensch!«

»Gut möglich.«

»Na schön, ich komme.«

In der *Tiefbaupraxis* war tatsächlich der Teufel los. Meine Nachricht hatte gewaltig eingeschlagen, es gab einen endlosen Rattenschwanz von Kommentaren. In den ersten war ich noch angesprochen und mit Fragen überhäuft worden, doch inzwischen hatte sich die Diskussion längst verselbständigt.

Wenn ich der Täter wär, würd ich einfach nicht hingehen, schrieb der Rettungsfahrer.

Superidee, antwortete der Informatiker, *wer nicht auftaucht, entlarvt sich doch automatisch selbst, das ist doch der Plan!*

Und wenn einer sich sagt, ich bin nicht der Täter, also muss ich auch nicht hingehen?, wollte die Lehrerin wissen.

Dann macht er sich grundlos verdächtig, meinte der Webdesigner. *Allerdings – besonders raffiniert ist der Plan nicht, eher ein bisschen plump, würde ich sagen.*

Ob raffiniert oder nicht, ist völlig schnurz. Der Informatiker traf den Punkt. *Hauptsache, er funktioniert. Zumindest müssen alle erscheinen.*

Er hatte hoffentlich recht.

Ich machte mich daran, meinen nächtlichen Dialog mit Eva auszudrucken. Gleichzeitig durchforstete ich das Internet nach Informationen über Jo Triesch, um mein Wissen zu fundieren. Die Suchmaschinen lieferten reichlich Einträge; ich hielt das Wichtigste fest. Dann ging ich ein letztes Mal meine handschriftlichen Schmierzettel durch, sortierte die entscheidenden Fakten und Schlussfolgerungen und notierte alles in Stichworten.

Zwischendurch rief Anneliese zu einem späten Mittagessen. Ich heftete die Blätter des ausgedruckten Dialoges zusammen, ging hinunter und gab ihn Eva. Sie las ihn sehr langsam und gründlich. Zuweilen nickte sie. Dann unterschrieb sie entschlossen.

Annelieses hausgemachter Heringssalat war ein Gedicht. »Was ist da nur alles an der Soße?«, fragte ich.

Zu meiner Überraschung antwortete Eva: »Äpfel, Zwiebeln und Rote-Beete-Saft.«

»Schmeckt großartig«, sagte ich. »Wie ich dich kenne, hast du für nachher schon alles vorbereitet, Anneliese.«

Sie verdrehte die Augen und nickte.

Mit einem Seitenblick auf Eva fuhr ich fort: »Wir kriegen also ein volles Haus, jede Menge Leute, und da es um die Aufklärung von Gewalttaten geht, kann die Sache kritisch werden. Wirklich gefährlich wird sie aber auch nicht, denn erstens ist jede Menge Polizei da, und zweitens kann man sich das Ganze völlig unsichtbar von der Galerie aus anhören.«

Eva sagte nichts dazu, aber ihr Gesicht ließ erkennen, dass sie dem Abend entspannt entgegensah.

Der Himmel hatte sich seit dem Morgen immer dunkler zugezogen, doch das Gewitter kam und kam nicht, blieb nur als finstere Drohung über dem Horizont hängen. Am Nachmittag ging ich im Arbeitszimmer auf und ab, ich durchstreifte geistesabwesend die *Tiefbaupraxis,* ich nahm Gitarren zur Hand und legte sie wieder weg, ich kramte sinnlos im Kühlschrank herum und ging Anneliese auf den Wecker. Schließlich rief ich Eckermann an und tat, als wolle ich mich seiner Vorbereitungen vergewissern. Er durchschaute mich auf der Stelle.

»Guck mal einer an, der singende Meisterdetektiv! Jetzt geht Ihnen die Muffe, stimmt's? Hätten die Sache doch mal lieber der Polizei überlassen, was? Noch können Sie zurück!«

»Ach Blödsinn, Scheiße! Ich hab nur Lampenfieber!« Wütend legte ich auf und ging nachsehen, was die Unzertrennlichen machten. Sie wälzten sich auf dem Teppich im Gästezimmer. Als ich reinkam, taten sie, als könnten sie kein Wässerchen trüben, doch bestimmt hatten sie hinter meinem Rücken über mich gelacht.

Um Punkt sieben war die Gesellschaft tatsächlich komplett. Die Auffahrt war voller geparkter Autos, nur Rieger war mit dem Motorrad gekommen. Genau um viertel nach sieben begann das Gewitter – just in dem Moment, als ich mit meinen Zetteln die Treppe betrat. Das wirkte ungemein theatralisch, aber als alter Hase wusste ich, was ein guter Auftritt wert ist. Das Publikum liebt solche Effekte. Im Übrigen war ich voll auf meine Aufgabe konzentriert. Auf dem obersten Absatz blieb ich stehen und verschaffte mir einen Überblick. Eva war nicht zu sehen, doch die Tür zu ihrem Zimmer war offen.

Unten hatte Eckermann tatsächlich den kompletten Niederholter Gemeinderat versammelt. Die SPD saß am großen Tisch, wobei sie sicheren Abstand zum Hauptkommissar hielt, der mit dem Rücken zum Fenster auf seinem Keilkissen thronte. Klemmbrett, Stift und Armbanduhr lagen vor ihm. Einen Platz weiter saß die Gemeindesekretärin und hielt gleichfalls Schreibzeug bereit. Die Genossen trugen dunkle Jacketts und rote Krawatten.

Auf einem einsamen Stuhl in der Ecke kauerte ein ungeschlachter, glatzköpfiger Junge – Sean Marvin Potthölter. Wieso hatten ihm seine Eltern wohl irisch-walisische Vornamen gegeben? Ob sie gewusst hatten, dass Sean eine verballhornte Form von John war? Neben Macke hatte Polizeiobermeister Schacht Stellung bezogen.

Die CDU, gleichfalls im Sonntagsstaat, hockte zusammen mit der Unabhängigen Wählerunion und Gemeindedirektor Kürschner auf der Sitzlandschaft. Man mühte sich nach Kräften um Haltung. Insbesondere die füllige Bürgermeisterin hatte in den weichen Polstern heftig mit ihren verrutschenden Rüschen zu kämpfen.

Die *Tiefbaupraxis* saß auf der Treppe zu meinen Füßen. Als ich die Stufen hinunterschritt, sah ich in die erwartungsvollen Gesichter von Niki, Isabel, Rieger und Ullerbek. Die vier waren nahe dran zu applaudieren. Die Mienen der anderen zeigten eine Mischung aus unterdrückter Neugier und Unbehagen.

Das Gewitter draußen präsentierte mein Glashaus von seiner besten Seite, denn obwohl wir alle sicher und trocken untergebracht waren, befanden wir uns doch inmitten des Unwetters. Während ich durch die Halle zum Kamin ging, schlug der Regen auf die riesigen Scheiben, das rinnende Wasser verwischte die Konturen der wogenden Baumwipfel und der Blitze, die den Innenraum und die Landschaft gleichermaßen erhellten.

Aller Augen waren mir gefolgt. Ich musterte die kuriose Gesellschaft und holte tief Luft. »Guten Abend, meine Damen und Herren.« Gleich das erste Wort ließ die elende Nervosität von mir abfallen. Ich atmete erleichtert auf. Jetzt würde mich so leicht nichts mehr aus der Ruhe bringen. »Die Herrschaften vom Niederholter Gemeinderat kennen einander ja, und mit unseren Gästen aus Hamburg hatten Sie zumindest schon vom Sehen das Vergnügen.«

Die Blicke der Niederholter richteten sich auf die Treppe, namentlich auf Isabel Schneider, welche die Aufmerksamkeit mit einem Bildschirmlächeln quittierte.

»Auch der Herr am Kopfende des großen Tisches, Hauptkommissar Eckermann, ist dem Rat bekannt.«

Der ehrenwerte Rat reagierte teils mit verkniffenem Grinsen, teils eisig. Matthiesen gehörte zum letzteren Teil.

Ich sprach ihn direkt an. »Ich versteh nichts von Kommunalpolitik, Herr Matthiesen. Man braucht aber nicht viel Fantasie, um sich vorzustellen, dass ein Spekulant mit genügend krimineller Energie da auf Kosten der Allgemeinheit gutes Geld machen kann.«

Er hob die Brauen um einen Millimeter und sah Eckermann an. Es lag eine eindeutige Drohung in diesem Blick: Matthiesen machte den Hauptkommissar für den Affront verantwortlich und gab mir damit zugleich seine Nichtachtung zu verstehen.

Ich drehte ihm den Rücken zu und nahm die beiden SPD-Wendehälse am großen Tisch ins Visier. »Wie gesagt, von Kommunalpolitik hab ich keine Ahnung, aber ich kenn mich ganz gut mit einer bestimmten Spezies von Geschäftemachern aus. Ich nehme an, dass Ihnen Herr Matthiesen jeweils ein Stück Bauland versprochen hat, aber Sie können mir getrost glauben: Er wird auch an Ihnen noch gut verdienen.«

Das war ins Blaue geschossen, doch die Mienen der beiden sprachen Bände.

»Unverfrorenheit!«, sagte Matthiesen hinter mir.

Ich beachtete ihn nicht. »Heute geht's aber nicht um schmutzige Immobiliengeschäftchen. Heute geht es um Mord.« Ich sah in die Runde. »Sagt Ihnen der Name Josef Triesch etwas?«

Rieger und Ullerbek schüttelten die Köpfe, Niki und Isabel nickten. Auch der Gemeinderat nickte – verblüfft, aber einhellig. Nur die Gemeindesekretärin hatte den Kopf gesenkt und führte tatsächlich Protokoll.

»Jo Triesch war mal ein gefragter Yellow-Press-Journalist«, fuhr ich fort. »Er hatte eine feine Spürnase für Skandale, er hatte allerbeste Beziehungen, er hatte Zugang zu den richtigen Kreisen, und er schrieb mit einer Gnadenlosigkeit, die bei der Prominenz gefürchtet war. Eine einzige Triesch-Geschichte in einem bunten Blättchen konnte genügen, um eine Regenbogen-Berühmtheit für alle Zeiten lächerlich zu machen. Klar, dass er zahllose Feinde hatte; hin und wieder verlor er sogar einen Prozess, doch in den allermeisten Fällen triumphierte er. Sein Image war nicht zu erschüttern. Man wusste, dass er homosexuell war, doch dazu stand er. Dass er kokainabhängig sei, wurde kolportiert, aber das verlieh ihm in den Augen der Öffentlichkeit nur noch größere Verwegenheit. Bis eines Tages etwas passierte, das ihn mit einem Schlag vernichtete. Auf dem Heimweg von einer Landpartie überfuhr er frühmorgens im Vollrausch einen jungen Mann und raste ohne anzuhalten weiter. Als er sich am nächsten Morgen der Polizei stellte und seinen Führerschein abgab, war der Junge schon tot. Triesch wurde zu einer hohen Geldstrafe, drei Jahren auf Bewährung und Führerscheinentzug verurteilt. Plötzlich war er in den Augen der Öffentlichkeit nichts anderes mehr als ein verantwortungsloser Alkoholiker und Kokser. Die Skandalblättchen ließen ihn fallen, niemand nahm mehr eine Zeile von ihm. Binnen Kurzem war er finanziell am Boden. Er tauchte regelrecht unter, zog in eine winzige Mansardenwohnung und ließ den Namen des verstorbenen Vormieters, Rademann, auf dem Klingelschild und im Telefonbuch, um sich vor seinen ehemaligen Opfern zu verstecken. Gesellschaft suchte er im Internet – in einem Forum namens *Tiefbaupraxis*.«

Ich sah Ullerbek an. »Ulle, wie hast du herausbekommen, dass Rademann in Wahrheit Triesch war?«

Alle Blicke richteten sich auf ihn.

Er ließ den Unterkiefer hängen. »Äh ... was?«

»Wie hast du es rausgekriegt? War's Queenie?«

»Der Hund!« Niki sah mich an und schnippte mit dem Finger. »Der Hund! Jetzt erinnere ich mich: Rademann hat mal behauptet, Ullerbek wär bloß ein Fake, ein Nickname seines Yorkshireterriers Queenie. Und Jo Triesch hatte damals immer so ein Vieh auf dem Arm – das hieß Queenie!« Sie wandte sich Ullerbek zu.

»Clever, Niki«, sagte ich.

Ulle erwiderte trotzig ihren Blick, dann senkte er die Augen.

Thomas Rieger schien langsam zu begreifen. Er erhob sich halb und hielt Ulle den Zeigefinger unter die Nase: »Erol!«, sagte er. »*Du* warst also der Troll! Anspielungen, Drohungen, Psychoterror – Mann, bist du ein Riesenarschloch!«

Ullerbek schlug Riegers Hand wütend zur Seite. »Das ist nicht wahr!«

»Und wie das wahr ist!«

Ich hob beschwichtigend die Arme: »Es ist nicht wahr.« Ich erklärte für die Uneingeweihten kurz, was es mit dem Troll auf sich hatte, und fügte hinzu: »Ullerbek war es nicht. Er hat Rademann nur an Erol verraten. Ulle ist nur ein Denunziant.« Ich sah ihn an. »Ich hab mal ins Wittholter Telefonbuch gesehen – die halbe Stadt heißt Ullerbek.«

»Na und? Was spielt das für eine Rolle, wo ich herkomme?!«

»Der überfahrene Junge ist im Wittholter Krankenhaus gestorben. Er hieß Malte Nawrot. Die überregionale Presse hat sich damals auf Triesch gestürzt, aber für die Leute hier in der Gegend war das Opfer wichtiger. Als du wusstest, wer Rademann war, wusstest du auch, wen du auf ihn hetzen konntest: Maltes Vater. Er war der Troll.«

Alle starrten Ullerbek an.

Der ballte die Fäuste: »Na und? Ich würd's jederzeit wieder tun! Josef hat Nawrots Sohn auf dem Gewissen gehabt – wieso sollte der Vater nicht erfahren, dass der Mörder schon wieder seine große Schnauze aufreißt?! Ich würd's jederzeit wieder tun!«

Rieger war drauf und dran, auf ihn loszugehen, deshalb sagte ich: »Thomas, vielleicht hast du nicht gewusst, wer

Josef denunziert hat – aber wer Erol war, wusstest du von Anfang an.«

»Was?« Er kniff die Augen zusammen.

»Du kanntest doch Josefs Vergangenheit. Demzufolge hast du Erols Anspielungen sofort verstanden. Es wär auch seltsam gewesen, wenn Josef nicht mit dir darüber gesprochen hätte. Klar wusstest du, wer der Troll war. Sonst hättest du ihn nicht umbringen können.«

Er wollte etwas sagen, aber sein Mund klappte nur stumm auf und zu.

»In der Nacht nach der Ratssitzung, als alle im Bett waren und ich auf dem Sofa eingeschlafen war, hast du das Haus verlassen und warst erst nach einer Stunde zurück«, fuhr ich fort. »Eva hat dich weggehen und wiederkommen sehen. Das hat sie ausgesagt und unterschrieben.« Ich winkte mit den Blättern.

Er riss sich zusammen. »Also das ist echt ... das ist ... sag mal, spinnst du? Ich meine – dass Eva nicht ganz normal ist, steht ja wohl außer Frage, aber du? Wieso hätte ich das tun sollen? Ich kannte den Typ doch überhaupt nicht!«

»Du hast es getan, um Erols Angriffen auf Josef ein Ende zu machen.«

Jetzt lächelte er. »Paul, Mann, was redest du da bloß für einen Scheiß. Josef und ich waren zwar so was wie ein altes Ehepaar – aber so groß war die Liebe nun nicht, dass ich nur für seinen Seelenfrieden jemanden umgebracht hätte.«

»Warum musstest du dann Eva zum Schweigen bringen? Sie ist am Sonntagmorgen fluchtartig als Erste von hier verschwunden, weil sie Angst vor dir hatte. Aber du hast dir ihre Adresse besorgt und wahrscheinlich am Dienstagabend erst ihr Haus beobachtet, um festzustellen, ob sie allein ist. Nichts hat sich gerührt, deshalb hast du sie spät nachts angerufen. Als sie den Hörer abgenommen hat, wusstest du, dass sie da ist, und bist eingebrochen. Ihr Glück, dass sie entkommen konnte. Als du dann von Niki erfahren hast, dass Eva hierher geflohen war, bist du ihr gefolgt und hast das Fenster eingeschlagen, um sie endgültig zu erwischen. Sie hat dein Gesicht hinter der Scheibe erkannt.« Ich wedelte wieder mit den Blättern.

Er holte ein Päckchen Zigaretten aus der Brusttasche und zündete sich eine an. Als er aufsah, war er sehr ernst. »Es reicht, Paul. Ich hab keinen Schimmer, warum du plötzlich auf mich losgehst. Ich find's, offen gesagt, auch nicht besonders witzig. Ich hab am Mittwochabend mit dir gegessen und dir mein kleines Herzchen ausgeschüttet. Und jetzt soll ich zur selben Zeit Eva überfallen haben!«

Ich wurde noch ernster als er. »Woher weißt du, dass der Überfall um diese Zeit war, Thomas?« Ich deutete in die Runde. »Niemand hat es dir gesagt. Du weißt es, weil du hier warst. Du hast mich vorher angerufen und mich zum Essen eingeladen, um mich aus dem Haus zu kriegen. Du hast dich sogar vergewissert, dass ich den Hund nicht hierlassen würde. Eine gute Dreiviertelstunde vor unserem Treffen dürftest du dann mit deinem Motorrad draußen in der Hecke gewartet haben. Sobald ich losgefahren war, bist du sofort zum Haus marschiert und hast Eva zu erledigen versucht. Dein Pech, dass sie dir wieder ins Freie entwischt ist. Wie lange hat das Ganze gedauert? Fünf Minuten? Höchstens zehn. Als du einsehen musstest, dass du sie im Dunkeln nicht finden würdest, bist du mir unverrichteter Dinge nachgefahren. Deine Maschine ist schnell. Du brauchtest mich nicht mal zu überholen; bis ich einen Parkplatz hatte, hast du längst im *Ristorante* gesessen. Für den Mord an Eva sollte ich nicht nur den Schauplatz, sondern obendrein dein Alibi liefern.«

Statt zu antworten sah er sich suchend nach einem Aschenbecher um. Anneliese brachte einen und knallte ihn auf die Treppe.

»Was sagst du, Thomas?«, fragte ich. »Ich warte.«

Er streifte die Asche von seiner Zigarette ab. »Was soll ich dazu sagen? Es ist kompletter Blödsinn.«

»Du warst hier. Mit dem Motorrad. Es hat in der Hecke einen Reifenabdruck hinterlassen.«

Seine Brauen zuckten.

»Die Kripo hat die Spur gestern gesichert«, sagte ich und sah Eckermann an. Er nickte. Thomas Rieger sagte nichts. Ich hatte Schach geboten, und nun überlegte er, welcher Zug ihm noch blieb. Ich ließ ihm Zeit, denn ich wusste genau, dass es keinen mehr gab. Er musste sich nur noch darüber klar werden, dass er matt war. Die Reifenspur bestätigte Evas Aussage eindeutig. Ich konnte seinem Gesicht ansehen, wie die Einsicht ganz langsam von ihm Besitz nahm, wie er resignierte. Der Regen trommelte auf die Scheiben.

»Ihr habt meinen Reifenabdruck, was? Na, das war's dann ja wohl.« Er hob ergeben die Hände. »Bist ein kluger Junge, Paul. Hast recht. Was sollte ich machen? Ich hatte schon in der Nacht mit Nawrot das Gefühl, Eva hätte mich gesehen, und als sie dann dienstags in der *Tiefbaupraxis* ganz offen schrieb, sie hätte Augen und Ohren aufgehalten, war klar, dass ich was gegen sie unternehmen musste.«

»In der Nacht mit Nawrot – wie konntest du eigentlich sicher sein, dass er da draußen war?«

»Ich war nicht sicher. Notfalls hätte ich zu ihm nach Hause gehen müssen. Aber er wusste schließlich aus der *Tiefbaupraxis* von dem Treffen, und er hatte Josef dort so penetrant zugesetzt, dass ich mir schon dachte, er würde herkommen und draußen rumlungern. Und so war es auch. Am ersten

Abend hat ihn zwar der Dorftrottel mit der Glatze da vertrieben, aber am nächsten war er wieder hier.«

»Sodass du ihn niederstechen konntest.«

»Ich hab ihn gerade noch erwischt, er war schon auf dem Heimweg.«

»Wo ist das Messer?«

»In der Elbe.«

Unvermittelt meldete sich Sean Marvin Potthölter zu Wort. »Da sehn Sie's, Herr Kommissar«, maulte er, »ich war das nicht, ich hab Sie das ja hundertmal gesagt, ich hab den Nawrot bloß 'ne kleine Abreibung verpasst, weil er das nämlich verdient hatte, so ist das!«

»Halt die Backen, Idiot!«, zischte Matthiesen.

Sean Marvin zog den Kopf ein.

»Wenn es nicht die selbstlose Sorge um Josefs Seelenfrieden war, Thomas – was war dann der Grund für den Mord?«, fragte ich.

Er verzog bitter den Mund. »Was denn – ich hab doch schon zugegeben, dass ich's getan hab! Sollen die Bullen mich einsperren, und fertig!« Er zeigte auf die Dörfler: »Oder muss ich hier erst noch zur Volksbelustigung herhalten?«

»Ich bin noch nicht fertig. Was war der Grund?«

»Den kennst du doch längst, oder nicht?«

»Schon, aber ich will's von dir hören.«

Er gab nach. »Es war ganz einfach so: Von dem Moment an, wo der Troll in der *Tiefbaupraxis* aufgetaucht ist, hat Josef nicht mehr gescheit schreiben können. Es war wie nach dem Unfall damals, er war wie blockiert, er hat nur noch um sich gebissen. Nach jedem neuen Erol-Angriff hat er sich weiter zurückgezogen. Und das ging bald mächtig ins Geld.«

»Wie hat Josef mit dem Schreiben was verdienen können, wenn kein Blatt mehr eine Zeile von ihm wollte?«

Er stützte die Ellbogen auf seine Knie und das Gesicht in beide Hände. »Frag Isabel«, sagte er müde.

Aller Blicke richteten sich auf Isabel Schneider. Sie funkelte Rieger an: »Was soll das? Ich hab nichts zu tun mit deinen Gräueln! Was ziehst du mich da rein?«

»Ich zieh dich nicht rein, ich kann dich bloß nicht mehr raushalten, merkst du das nicht? Er hat mich gefragt, Mädchen! Was soll ich denn deiner Ansicht nach sagen, woher das Geld gekommen ist?« Er deutete mit dem Daumen auf Isabel: »Josef war ihr Ghostwriter. Ihre Kolumnen, ihre Sendung – alles war komplett von ihm. Und was nicht von ihm war, war Scheiße.«

»Bist du wahnsinnig?!« Sie schrie förmlich.

»Ach was, gib Ruhe, blöde Kuh. Es ist vorbei.« Er sah wieder mich an: »Als von Josef nichts mehr kam, hat sie es alleine versucht, und schon ging's abwärts mit Frau Schneider.«

»Erstunken und erlogen!« Isabel sprang auf. »Ich hab immer selber geschrieben, immer!«

Rieger beachtete sie nicht, sondern sagte zu Eckermann: »Sie hat seine Festplatte gelöscht, weil sie wusste, dass er nie Kopien gemacht hat. Hat er tatsächlich nicht. Er nicht – aber ich. Sehen Sie in meiner Bude nach. Auf meinem Rechner steht eine Harddisc, da ist alles drauf, was Jo Triesch für Isabel Schneider verfasst hat, außerdem der vollständige E-Mail-Verkehr zwischen den beiden.«

Isabel setzte sich mit einem Plumps wieder auf ihre Stufe. Die Niederholter starrten die Treppe an wie eine Bühne. Die Wangen der Bürgermeisterin glühten, die Rüschen zitterten erregt.

Als Isabel wieder redete, sprach sie nur zu mir. »Ich kann sehr wohl schreiben. Es stimmt, Josef war viel besser, aber Sendungen zu machen, ist auch nicht einfach. Ich bin sehr gut vor der Kamera, die Leute mögen mich. Und ich hab immer viel recherchiert, ich hab gearbeitet wie ein Tier! Thomas hat rein gar nichts gemacht, der hat sich nur von Josef aushalten lassen wie seit Jahren schon. Von wegen Mieteinnahmen aus Immobilienbesitz! Thomas hat nichts, der ist nichts als ein schwuler Gigolo, ein Fass ohne Boden. Und als das Geld knapp wurde, ist er nervös geworden.«

Rieger breitete die Arme aus: »Das hab ich bereits zugegeben. Vergiss nicht, dass du selber noch viel nervöser warst. Wenn du nicht ständig gedrängelt und gebohrt hättest, wär ich nie so weit gegangen. *Du* hattest doch die Idee zu dem ganzen Treffen hier! Es war doch *dein* Plan! ›Wir müssen da hin, der Troll muss weg, Nawrot muss weg!‹ Was Eva gehört hat, war vermutlich, wie du mich Sonntagnacht bekniet hast, endlich loszugehen und die Sache zu Ende zu bringen.«

Ich bemerkte eine Bewegung auf der Galerie und sah nach oben. Die Köpfe der anderen folgten meinem Blick. Eva war an die Brüstung getreten. Sie sah umwerfend aus, ihre Haut sahneweiß, die Mähne blutrot.

»Bring die Sache jetzt zu Ende!«, sagte sie laut. »Genau das konnte man deutlich hören. Das und noch mehr. Punktgenau.«

Dem Niederholter Gemeinderat stand der Mund offen. Die Bürgermeisterin hauchte ein bewunderndes »Oh!«, Matthiesen prüfte mit raschem Griff den Sitz seiner Frisur. Der Todesengel drehte sich um und verschwand, wie er gekommen war.

»Da hörst du's«, sagte Rieger zu Isabel. Er sah mich an. »Ich hätte Josefs Reaktion vorhersehen müssen, Paul. Er war stockaufrichtig. Damals nach dem Unfall mit dem Jungen konnte er kaum wieder gerade aus den Augen gucken, da war er auch schon auf dem Weg zur Polizei. Mann, ich hab so versucht, ihn davon abzuhalten, ich hab gesagt, Josef, das macht den Kerl doch auch nicht wieder lebendig, und du ruinierst dir dein Leben! Aber so war er. Als ich ihm am Sonntagmorgen erzählt hab, der Troll wär erledigt, dachte ich, er müsste erleichtert sein – aber von wegen! Er hat getobt! Er war verzweifelt! Er hat gesagt, er hätte schon so was befürchtet. Auch das hätt ich wissen müssen, schließlich waren er, Isabel und ich so was wie ein verschworenes Trio. Er hat allen Ernstes verlangt, dass wir uns der Polizei stellen, hat gesagt, er würde notfalls allein hingehen. Der hätte uns glatt ans Messer geliefert.«

Es war also keineswegs ein Abschiedsbrief gewesen, den Josef mir geschickt hatte. Er hatte sich vielmehr dafür entschuldigen wollen, dass er mit Mördern in mein Haus gekommen war. *Was ich tun muß, ist unumgänglich,* hatte er geschrieben und damit seinen Weg zur Polizei gemeint, der für mich eine Menge Unannehmlichkeiten zur Folge haben musste. Josef hatte von vornherein nicht nach Niederholt gewollt, wo man ihn als Todesfahrer kannte; vielleicht hatte er sogar schon vor dem *Tiefbau*-Treffen dessen eigentlichen Zweck erahnt.

Rieger hatte das Gesicht in den Händen vergraben. Als er wieder aufsah, war es nass. »Ich geb zu, ich hätte mich niemals gestellt. Aber das mit Josef ... das hätt ich nicht gekonnt. Den beschissenen Grill hat Isabel angezündet. Sie hat auch alle Ritzen abgedichtet und die Schlafzimmertür mit diesen Handtuchfransen zugezogen, damit keine Luft ins Zimmer kommt.«

»Das Valium hast *du* ihm gegeben«, sagte Isabel.

Ich hatte genug von den beiden. In jeder Hinsicht.

Das Gewitter war vorüber, der Regen hatte nachgelassen, hier und da zeigte sich sogar ein Stern am Himmel. Eckermann war mit seiner Mannschaft abgezogen und hatte Isabel und Rieger mitgenommen. Ullerbek hatte mir zum Abschied nur einen feindseligen Blick zugeworfen. Grußlos war auch der Gemeinderat von Niederholt mitsamt Direktor und Gemeindesekretärin abgedampft, nur die Bürgermeisterin hatte mir verstört zugelächelt. Anneliese hatte es ungeheuer eilig gehabt, in den Gasthof zu kommen, um vom Ergebnis des Abends zu künden, bevor der ganze Rat ihr zuvorkam.

Als Letzte machte sich Niki auf den Weg. Ihren Mantel schon in der Hand, fragte sie mich: »Paul, wie hast du das alles rausgefunden?«

»Nicht gezielt.« Ich griff nach dem Parka. »Da ist eine Situation, die mich beschäftigt. Also schreibe ich wahllos auf, was mir einfällt, und seh's mir an. So wie wenn ich an einem Lied arbeite, weißt du. Ich mach eine Stoffsammung und seh sie mir an. Da steht dann zum Beispiel der Presserummel um Lady Di neben der Tatsache, dass eine Klatschkolumnistin ausgerechnet das Wochenende der Beisetzung untätig im abgeschiedenen Niederholt verbringt. Das passt nicht zusammen, deshalb suche ich nach anderen Zusammenhängen. Da sehe ich zum Beispiel einen Selbstmörder, der in Unterhosen vor dem Fenster liegt, seine Brille aber auf dem Nachttisch. Dazu passt etwas anderes, etwas, das ich über Menschen gelesen habe, die von einer Kohlenmonoxidvergiftung im Schlaf überrascht werden: Sie wachen manchmal noch auf und versuchen, ein Fenster zu öffnen, nur ist ihr Organismus dann meist schon so geschwächt, dass sie an der Anstrengung sterben. Josef war so einer, der immer bis zum Letzten gekämpft hat. Nach dem Unfall mit dem Jungen war er am Boden zerstört, aber aufgegeben hat er sich nicht. Dank

Isabel Schneider konnte er immerhin wieder schreiben und Geld verdienen, konnte sich sogar noch seinen Koks und seinen Liebhaber leisten und ...«

»Weißt du was, Paul?«

»Was?«

»Tu lieber, als ob ich nicht gefragt hätte.«

Das klang fast fröhlich, so als habe sie mit dem Vergangenen endgültig abgeschlossen. Ich half ihr in den Parka. Sie lachte wieder über meine altmodische Höflichkeit wie am Freitagabend genau vor einer Woche. Mir fiel auf, dass ich an dieses Lachen seither viel öfter gedacht hatte, als mir bewusst gewesen war. Als sie mir die Hand gab, war ich es jetzt, der sie länger festhielt als nötig.

»Es ist sehr dunkel draußen. Bleib noch ein bisschen hier, sonst bin ich ganz allein mit meinem ekligen Ermittlungserfolg.«

»Du hast doch einen Hund.«

»Der kennt mich nicht mehr, der hängt nur noch bei seiner schrägen rothaarigen Schönheit im ersten Stock. Wir könnten uns eine Pizza machen und eine Flasche Wein trinken. Oder Multivitaminsaft. Oder beides.«

Sie drehte mir den Rücken zu. »Wein, bitte.«

Ich half ihr wieder aus dem Mantel.

KBV-KRIMI

Egon Olsen

Heideblues

KBV-Krimi Nr. 149
Taschenbuch, 196 Seiten
ISBN 3-937001-66-2

Der eitle Musikmanager Dr. Günther Didier hat jede Menge Feinde in der Haifischbranche. Dass ihm ausgerechnet in der Abgeschiedenheit seines Landsitzes jemand den Schädel einschlagen würde, hätte aber niemand gedacht.
Tatort ist das malerisch gelegene Gut Eichenhof in der winterlichen Lüneburger Heide, auf dem der Ermordete ein Trüppchen illustrer Gäste aus dem Showgeschäft um sich versammelt hatte. Unter ihnen ist der chronisch abgebrannte Songschreiber Paul Nickel. Auch für ihn erweist sich die Landluft als äußerst ungesund: Nicht nur, dass ihn ständig ein Trecker zu überfahren versucht, er gerät er auch noch unter Mordverdacht. Nickel muss die Sache notgedrungen selbst aufklären und entwickelt dabei eine unkonventionelle Methode …

Carola Clasen

Schwarze Schafe

KBV-Krimi Nr. 147
Taschenbuch, 228 Seiten
ISBN 3-937001-64-6

In der Tierwelt blöken, fressen und vermehren sie sich innerhalb der Herde wie alle ihre Artgenossen, und ihre Fellfarbe ist nur eine Laune der Natur.
Bei den Menschen allerdings verhält es sich etwas anders: Äußerlich meist völlig unauffällige Einzelgänger treiben ihr grausiges Unwesen oft jahrelang unentdeckt und werden nur selten und durch Zufall von den Hütern des Gesetzes aufgespürt und ausgebremst. Mehr als zwei Drittel aller Morde, die diese schwarzen Schafe auf dem Gewissen haben, sind Beziehungstaten. Kein Wunder also, dass es da alle treffen kann, Brüder, Schwiegermütter, Ehemänner, Kollegen, Freunde, Liebhaber …
Zwanzig bitterböse Geschichten aus der Feder einer Dame, die literarisch versiert zu morden versteht.

F.G. Klimmek

Des Satans Schatten

KBV-Krimi Nr. 144
Taschenbuch, 288 Seiten
ISBN 3-937001-61-1

Lange hat es Frederik von dem Kerkhof nicht in seinem holländischen Exil gehalten.
Es gilt, in Crange eine Dankesschuld abzutragen, die ihn zwingt, einen Mord aufzuklären, der nach menschlichem Ermessen nicht von einem Sterblichen begangen worden sein kann.
Damit betritt unser Held erneut ein mittelalterliches Szenario aus Tod, Intrige und Verrat von ungeahnter Dimension; denn der Ermordete war damit befasst gewesen, dem spurlosen Verschwinden ganzer Familien nachzuspüren.

»Klimmek fabuliert munter und in einer süffigen, plastischen Sprache, die in ihrer Mischung spätmittelalterlicher Prallheit und neuzeitlicher Coolness immer wieder einen Hang zur Parodie durchblicken lässt.«
(GIG, Münster)

Ralf Kramp

...denn sterben muß David!

KBV-Krimi Nr. 82
Taschenbuch
229 Seiten

801 nach Christus. Karl der Große ist in Rom zum Kaiser gekrönt worden und befindet sich auf der Rückreise in seine Heimatpfalz Aachen. Zur gleichen Zeit werden in der Eifel einige ruchlose Morde verübt. Die Täter sind kahlgeschoren und grausam. Ihre Losung lautet: "...denn sterben muß David!"
Es geht um gefälschte Schriftstücke und um eiskalte Rache, und ihre blutige Spur führt nach Aachen, wo der Kaiser erwartet wird. Nur einer hat ihr Tun beobachtet: Enno, ein Eifeler Bauernjunge, den man fälschlicherweise des Mordes bezichtigt.
Kann er sie aufhalten?

»Kein Werk, das nur eine trockene Historie behandelt. Im Gegenteil, eine auf über 220 Seiten empfehlenswerte, spannende Geschichte.«
(Blickpunkt)

Jürgen Ehlers

Mitgegangen

KBV-Krimi Nr. 135
Taschenbuch
390 Seiten

Düsseldorf, Februar 1929. Am Zaun einer Großbaustelle wird die Leiche eines kleinen Mädchens gefunden. Gewürgt, missbraucht, erstochen, mit Petroleum übergossen und angezündet.
Kommissar Wilhelm Berger sieht sich rasch mit einer ganzen Reihe brutaler Überfälle auf Männer, Frauen und Kinder konfrontiert. Ist hier ein Wahnsinniger am Werk? Ein Verdächtiger wird schließlich gefasst und gesteht alles. Doch die grausamen Morde gehen weiter.

Jürgen Ehlers zeichnet in diesem Roman das bizarre Bild des triebhaften Serientäters Peter Kürten, der unter dem Namen »Der Vampir von Düsseldorf« in die Kriminalgeschichte einging.

F. G. Klimmek

Der Raben Speise

KBV-Krimi Nr. 89
Taschenbuch
356 Seiten

1534 - Die Wiedertäufer haben den Bischof aus Münster vertrieben und die Herrschaft übernommen. Wüste Exzesse sind an der Tagesordnung, und der Bischof sieht sich gezwungen, die eigene Stadt zu belagern. Umso härter trifft ihn die Nachricht, dass ein Geldbote unterwegs getötet worden und seine Fracht verschwunden ist.
Wieder einmal soll es Frederik von dem Kerkhof richten, Spion und professioneller Mörder im fürstbischöflichen Dienst. Der stößt bei seinen Nachforschungen gleich auf mehrere Verschwörungen.

»Es ist ein Riesenspaß, wie genau er das Lokalkolorit und die historischen Fakten nachzeichnet.«
(Westfälischer Anzeiger)

KBV-KRIMI

Jan Bergrath
Kalt erwischt

KBV-Krimi Nr. 133
Taschenbuch, 188 Seiten
ISBN 3-937001-49-2

Am Kühlhaus im Kölner Großmarkt wird der Lkw-Fahrer Welscher beim Entladen von seinem eigenen Kühlzug an die Rampe gedrückt und stirbt einen qualvollen Tod. Die Handbremse der Sattelzugmaschine ist gelöst, der rumänische Beifahrer ist spurlos verschwunden. Alles deutet auf einen tragischen Unfall mit Fahrerflucht hin. Doch Hauptkommissar Gerber von der Kölner Kripo glaubt nicht an einen Fall für die Berufsgenossenschaft. Die Spedition hat den Fahrer massiv unter Druck gesetzt, weil er im Begriff war, einen Betriebsrat zu gründen und die Presse zu informieren. Gerber beruft noch in der gleichen Nacht eine Mordkommission ein und nimmt die Ermittlungen bei der ehemaligen Kölner Spedition Fischer auf …

Harry Luck
Wiesn-Feuer

KBV-Krimi Nr. 139
Taschenbuch, 209 Seiten
ISBN 3-934638-52-2

Eine tödliche Bedrohung liegt über der Wiesn: 25 Jahre nach dem Bombenanschlag auf dem Münchner Oktoberfest kündigen Unbekannte wieder ein verheerendes Attentat an. Doch die Verantwortlichen wollen die Gefahr lieber unter der Decke halten und lehnen strikt eine Absage des größten Volksfestes der Welt ab.
Auch der Münchner Lokalreporter Frank Litzka recherchiert und spricht mit den Opfern von damals. Dabei kommt er einer Gruppe Rechtsradikaler auf die Spur. Handelt es sich nur um verwirrte Spinner oder gefährliche Terroristen? Zur gleichen Zeit landet auf dem Schreibtisch von Kriminalhauptkommissar Jürgen Sonne die Akte eines ungeösten Falls: der »Wiesn-Mord«.

Silvia Kaffke
Totenstill

KBV-Krimi Nr. 138
Taschenbuch, 331 Seiten
ISBN 3-934638-53-0

Zunächst glaubt Barbara Pross noch an einen üblen Scherz, als pünktlich zu ihrer Vorlesung über den Serienmörder Kroll Schweinedärme in einer Unitoilette schwimmen. Doch dann tauchen Leichen auf, die wie bei anderen berühmten Fällen zugerichtet wurden. Barbara hat seit drei Semestern einen Lehrauftrag für Investigative Psychologie an der Uni, außerdem hält sie Vorträge an den Polizeifachhochschulen und wird des Öfteren als externe Beraterin zu schwierigen Fällen hinzugezogen. Ein solcher Fall eines Serienvergewaltigers führt sie zurück nach Burg im Kreis Dithmarschen, dem Ort ihrer schlimmsten Niederlage, dem Fall Schmidtmann. Noch immer wirft sie sich vor, damals das Opfer nicht gerettet zu haben.

KBV-HÖRBUCH
Kalle Pohl
liest
Spinner
von Ralf Kramp
3 CDs
ca. 210 Min.
€ 19,90
3-937001-10-7
Ein Serienmörder macht die Eifel unsicher, und Herbie Feldmann, der bekannte Spinner, der einen unsichtbaren Begleiter namens Julius "neben sich gehen" hat, löst seinen ersten Fall und merkt, dass nicht alle Spinner so harmlos sind wie er selbst …
Kalle Pohl, der beliebte TV-Comedian ("7 Tage - 7 Köpfe", "Kalle kocht" etc.), ist von der Figur des Herbie Feldmann begeistert und wird in loser Folge die Romane um das amüsante Ermittlerduo aus der Eifel auf CD sprechen.
KBV
KRIMI
KALLE
POHL
LIEST
RALF KRAMP
SPINNER
"Ein Eifelkrimi der skurrilen Art" (www.krimiforum.de)
"So schwarz wie die Seele mancher Eingeborener ist auch der Humor." (Rhein Zeitung)
"Auch ohne literweises Blutvergießen verdammt spannend." (Petra)